中公文庫

華国神記 2

占う行方に花と宴

九条菜月

中央公論新社

目次

序章　7
第一章　15
第二章　45
第三章　75
第四章　101
第五章　127
第六章　161
第七章　174
第八章　207
第九章　226
第十章　234
終章　256

華国神記2

占う行方に花と宴

序章

強固な城壁に囲まれた華国《かこく》の都、華安《かあん》。

その城壁に沿った薄暗い一画に、荒ら屋《あばらや》ばかりが立ち並ぶ通りがある。戸や屋根も破れ、体裁《ていさい》を保《たも》っているものは一つとしてない。壁もひび割れ、漆喰《しっくい》が剝《は》がれているのみならず、通りから中が覗《のぞ》けるほど崩れ落ちている箇所も少なくはなかった。

表を歩く人の姿はまばらで、みな痩《や》せ細《ほそ》った体に粗末な短服をまとい、中には足を引《ひ》き摺《ず》りながら歩く者もいた。その顔は感情が抜け落ちたように虚《うつ》ろであり、生気の欠片《かけら》すら見つけられない。

通りの隅《すみ》で座り込んでいる者達も同じだった。足を抱えて横になっている者もいれば、数人で肩を寄せあうようにして固まっている者達もいる。子供もいれば老人もいるといった具合で、共通するのは、痩せた体とぼろぼろの服。無気力な眼差《まなざ》しだった。

街自体も荒《すさ》んでいた。争うような音とともに、罵《ののし》り声《ごえ》と悲鳴が折り重なるようにして響く。そして、しばらく経《た》てば、まるで何事もなかったかのように再び静けさが訪《おとず》れた。そんなことが飽きることなく延々と繰り返される。

貧しき者達や、罪を犯して追われる者達が行きつく場所——貧民窟《ひんみんくつ》。華国の中枢を担《にな》い、華やかで活気に溢《あふ》れる都の影と呼ぶべき存在である。

そんな貧民窟の、名もなき通りを歩く男がいた。歳《とし》は三十も半ばをすぎた頃だろうか。汗と土で薄汚れた短服を身につけ、乾燥させた植物の蔓《つる》で髪を縛っている。瞳《ひとみ》は虚ろではあるが、地を踏《ふ》み締《し》める足にはまだ力が残っていた。

男は関《かん》といった。貧民窟に流れついて半年。ここに辿《たど》り着いた当初、わずかにあった贅肉《ぜいにく》も、今では肋《あばら》が浮くまでに削《そ》げ落《お》ちてしまった。

「確か、今日は西の城壁だったか……」

関はぽつりと呟《つぶや》いた。貧民窟の住人が働ける場所は限られている。とにかく人数が必要な仕事、もしくは人が忌《い》み嫌《きら》うような類《たぐい》の仕事だ。

関が見つけたのは、華安を囲む城壁の修理だった。それは決まった時刻に集まらなければならない。少しでも遅れれば、どれだけ働いたところで賃金を受け取ることはできないのだ。修復の場所は日によって違う。賃金を受け取る際に翌日の現場を指示されるため、きっちりと覚えておく必要があった。

関は重い足を引き摺るようにして、前へ前へと進む。得られる賃金はわずかなもので、三日も暮らすことができればよいほうだ。

——こんな惨めな思いをするはずではなかったのに。

関は代々官吏《かんり》を輩出《はいしゅつ》する名家の家僕《かぼく》であった。馬の世話や、使い走りが主《おも》な仕事だ。賃金は多くなかったが、関はその暮らしに満足していた。ただ欲をいえば、妻となってくれる女性がほしかった。

器量はよくなくとも健康で明るく、元気な子を産んでくれさえすればいい。年配の家僕にそう仄《ほの》めかせば、「心当たりを探してやろう」と、色好い返事があった。妻帯すれば、生活は今より苦しくなるかもしれない。それでも、関は温かい家庭に憧れた。すでに妻子を持つ友人達が、羨《うらや》ましくてしかたなかったのだ。

年配の家僕は関との約束を守ってくれた。働き者と評判の娘で、歳は二十の半ば。器量がいまいちということで、嫁《とつ》ぎ遅《おく》れていたらしい。関は一も二もなく頷《うなず》いた。そして、働き者の娘と生真面目《きまじめ》な家僕は、めでたく夫婦となるはずだった――。

小さな幸せを摑《つか》みかけていた関は、唐突にすべてを失った。いや、失ったのは関だけではない。仕える者すべてが、一夜にして職と住《す》み処《か》を失ってしまったのだ。

関の主《あるじ》は名のある官吏だった。しかし、皇帝の不興を買い、死を賜った。その理由はわからない。家令に訊《たず》ねても彼はそれどころではないようで、顔を青褪《あおざ》めさせながら慌ただしく屋敷を歩き回っていた。家は財産を没収されたうえで取《と》り潰《つぶ》し。一族は散《ち》り散《ぢ》りとなり、残された者達は途方に暮れるしかなかったのだ。

親戚を頼れる者はまだいい。少なくとも当座の生活には困らないだろう。だが、関のように寄る辺のない者達はどうすることもできなかった。

当然のように縁談《えんだん》は立ち消えとなった。職を失った男に嫁ぎたいという酔狂者《すいきょうもの》はいない。悄然《しょうぜん》とする間にも時は流れ、気づけば関は貧民窟の住人となっていた。

ともに屋敷で働いていた者達は、今頃どうしているのだろうか。上手《うま》く次の職にありつけたのか、関のようにその日暮らしの生活を送っているのか。あまり考えたくはないが、貧しさを苦に命を絶った者や、飢え死にした者もいるかもしれない。

自分とて、この暮らしがいつまでもつかわかったものではなかった。職があるうちはまだいい。だが、それもいつなくなってもおかしくはない状況だ。以前と同様とまではいかなくても、安定した賃金を得られる職場を見つけない限り、〝死〟は緩慢ながらも確実に迫《せま》ってくる。

頭ではわかっているつもりだった。しかし、日々を過ごすので精一杯な現状では、どうすることもできない。それは関だけでなく、貧民窟で暮らす者達も同じ思いだろう。みな迫りくる〝死〟の影に気づきながらも、足掻《あが》くことすらできずにいる。

――いつから、こんな世になってしまったのだろうか。

国が荒れていることは薄々感じていた。地方では民が飢《う》え、一揆《いっき》が頻発《ひんぱつ》しているということも聞いていた。だが、ささやかだが満ち足りた生活を送っていた関には、まるで別の世界の話のように思えた。目には映っているのに、見えていない振りをし続けていたのだ。今は、それが真実であったと身をもって知っていた。

「……もうだいぶ集まってるな」

辿り着いた先には、関と似たような暮らしを送る者達が揃《そろ》っていた。全員で五十かそこらはいるだろうか。

天高く聳《そび》える城壁は、今から二百年も前に建てられたものだという。それから幾度《いくど》も補修を繰り返しながら、華安の民を外敵の侵入から守り続けている。関達に課せられた仕事は、崩れた箇所の修繕だ。

　職人達の指示に従い、黙々と手を動かす。こちらを見張る役人もいるため、迂闊《うかつ》に手を休めることはできない。役人達は無慈悲だ。難癖《なんくせ》をつけ賃金を出し渋る。関達に支払う金を、どうにかして己《おのれ》の懐《ふところ》にいれようと狙《ねら》っているのだ。

　以前ならば、そんなはした金のために働くなど馬鹿げていると笑っただろう。しかし、そのわずかな金が今の関を生かしている。落ちぶれたものだと、自嘲《じちょう》せずにはいられなかった。

　仕事は、昼をすぎたあたりに一度だけ休憩《きゅうけい》が入る。疲れ切った男達は、真っ先に近くにある井戸へと向かい浴びるように水を飲む。それが空腹を紛《まぎ》らわす最良の方法だった。関も胃が張るほどに水を飲んだ。あとは再開の合図があるまで日陰で体を休める。わずかな間でも、休息は貴重だ。体力の消耗《しょうもう》が激しい労働は、今の関には過酷《かこく》すぎた。

　それに、今日はいつもより体が重い気がする。今朝《けさ》も、差し込むような腹痛に強引に眠りから叩《たた》き起こされた。腹が空《す》きすぎているからだ、と関はとくに気にはしなかった。むしろ体に痛みを感じない日のほうが珍しいくらいである。いちいち気にしていては、貧民窟で暮らしてなどいけない。

「――なあ、そこのあんた。あんただよ。若い奴《やつ》を知らんか？」

　振り返れば、自分と似たような背格好の男が立っていた。着古された短服に、袖《そで》から覗く痩せ細った腕。虚ろに濁《にご》った眼差しは、まさに自分自身を見ているようであまり気持ちのよいものではなかった。

「誰のことだ？」

「あんたとよくいる男だよ。なんだ、忘れちまったのか？」

よくいる男、と言われ、関の脳裏《のうり》を一人の男が過《よぎ》る。名は徐《じょ》といったか。背格好は自分と似たようなものだが、歳は関より十以上も若い。体力にも余裕があるように見え、羨ましさを感じた。徐も貧民窟に流れて来る前は、とある屋敷で働いていたそうだ。似たような境《きょう》遇《ぐう》にあったことから意気投合し、ここ数日はともにいることが多かった。

「いや、覚えてる。そういや、今日はまだ見てないな……」

「それは困った。そいつに頼まれてたことがあったんだがなぁ」

男は面倒臭そうに溜息《ためいき》をついた。

「明日じゃ駄目なのか？」

「俺はこの辺りで働いてるわけじゃねぇんだよ。明日も来るなんざごめんだね」

「そうか」

てっきり、この男も自分と同じだと思っていたのだが、どうやら違ったらしい。わざわざ徐に会うためにここへ来たようだ。

「なあ、あんたは明日もここに来るんだろ？」

「ああ」

城壁の修復具合を見る限り、明日もここで働くことは確実だろう。頷くと、男は安堵《あんど》するように頰《ほお》を緩《ゆる》めた。

「じゃあよ、あいつが来たら伝えてくれ。魏《ぎ》家のお嬢様は、妓楼《ぎろう》に売られたらしい。詳しく聞きたいなら、趙《ちょう》のとこに来なってな。いいか、絶対に伝えてくれよ！」

男はそれだけを告げると足早に去って行った。魏家のお嬢様、と関は呟いて空を仰ぐ。徐がどこの屋敷で働いていたのかは聞いていない。それは関も同じで、詳しいことはけっして口にしなかった。

働き口を失ったことも辛《つら》いが、なによりも敬慕《けいぼ》していた主を思い出すのが辛かった。自分にも他人にも厳しかったが、礼を重んじ、家僕であった関にも礼節をもって接してくれる人だった。宮中で取り押さえられた主は、そのまま獄舎《ごくしゃ》に繫《つな》がれたと聞く。なぜ、皇帝の不興を買ってしまったのだろう。なにもわからぬまま、関は長年働いていた屋敷を追い出されてしまった。

「妓楼か……」

良家の子女にしてみれば、死ぬよりも辛い境遇かもしれない。

格式の高い妓楼ならばまだいいが、妓女《ぎじょ》を人とも思わぬような扱いをする場所もあると聞く。そのような妓楼で働かせられる娘達の行く末は、病に罹《かか》って死ぬか、耐え切れずに自ら命を絶つかのどちらかだ。徐がこのことを知ればどう思うか。

「いや、薄々は感じているか」

没落した良家の子女の末路など、火を見るより明らかだ。

――捜したところで、どうすることもできぬだろうに。

その日を生きるのに精一杯の男が、女を養っていけるわけがない。ならば知らぬほうが互いのためでもある。それを承知の上で、知らずにはいられなかったのかもしれないが。若さだなあ、と関は苦笑した。

　空を見上げながらぼんやりしていると、役人が怒鳴りはじめる。どうやら、休憩は終わりらしい。無駄《むだ》に権力を振りかざすしか能のない役人を一瞥《いちべつ》し、関はゆっくりと立ちあがった。

不意に、腹部に鈍い痛みが走る。朝に感じたものよりは軽いが、それでも関の足を止めるには充分なものだった。片手で腹を押さえ、痛みに奥歯を食い縛る。

　少しでも遅れれば、目敏《めざと》い役人に気づかれるだろう。そうなれば午前中に働いた意味がなくなってしまう。早く治まれと祈りながらそのまま耐えていると、腹痛はようやく和らいだ。安堵の息を吐く。人が集まり切っていないこともあり、関は誰に見咎《みとが》められることなく集団に追いつくことができた。

　やがて黙々と手を動かしているうちに、関の頭からは、腹痛のことも徐のことも抜け落ちていったのだった。

第一章

　ゆったりと心地よい七絃琴《しちげんきん》の旋律に、春蘭《しゅんらん》はうつらうつらと頭を揺らせた。演奏するから聞いてほしいと頼まれた手前、起きていなければならないのだが、つい眠気が忍び寄ってくる。

「――春蘭？」

「き、聞いておるぞ！」

　欄干《らんかん》にもたれかかっていた体を起こせば、演奏者である魏《ぎ》祥琳《しょうりん》がじとりとした眼差しをこちらに向けていた。

　春蘭が占師《せんし》として働く黄海楼《おうかいろう》で、妓女見習いとして研鑽《けんさん》を積む少女である。年齢は十二。若葉色の、裾《すそ》が花びらのように広がっている襦裙《じゅくん》を身に纏《まと》い、きれいに結《ゆ》いあげられた髪には見事な細工の金色の簪《かんざし》が挿《さ》されていた。ほんのりと化粧が施《ほどこ》された容貌《ようぼう》は、花開く前の蕾《つぼみ》を思わせる。

「なかなかよい演奏であった」

　祥琳と同じように着飾った春蘭は、淡い桃色の上衣に臙脂《えんじ》の濃い腰裙《ようくん》を下肢に巻き、薄絹の衣を肩に纏っていた。きっちりと結いあげられた髪にも、簪が見場よく挿されている。

「それよりも、美しい曲だったな」

「そう？」

夕刻前ということもあり、他の妓女見習いの娘達はみな出払っていた。整頓された見習い部屋には、すでに薄闇《うすやみ》が帳《とばり》を下ろしかけている。

「美しい花々を称《たた》えた歌なの。恋歌もいいけど、こっちも覚えてみなさいって蟬英《せんえい》様が」

「選曲の幅が広がるのはよいことだ」

格式の高い妓楼の妓女は、多才であることが求められる。楽《がく》だけでなく、舞いや詩吟《しぎん》、機知に富んだ受け答えができてはじめて一人前とみなされ、客の前に出ることが許される。

「できれば、琴だけじゃなくて笛や胡琴《こきん》も覚えたいんだけど……。でも、色んなものに手を出すよりも、まずは自分の得意なものを極めなさいって」

「正論だな。祥琳は若いのだから、焦《あせ》らず一つ一つ己のものにしていけばよい」

「そうよね……」

はあ、と祥琳は落胆するように溜息を漏《も》らした。早く一人前になりたいという気持ちはわからなくはないが、焦って稽古を増やしたところで結果となってすぐあらわれるものでもない。

「でもね、どんな楽器でも完璧《かんぺき》に弾きこなしてしまう蟬英様に言われると……」

黄海楼の楼主、淘《とう》蟬英は経営の手腕に優れていると同時に、妓女としても肩を並べる者がないと言われるほど多才を極めていたらしい。楼主となってからは、個人的に客を取ることはなくなったが、せめて一目だけでもと、通いつめる古馴染《ふるなじ》みは少なくないそうだ。

「せっかくだ。もう一曲、聴かせてくれるか？」

「うん！」

緩やかな旋律が流れる。まるで春を思わせるような明るい曲調に、春蘭は内心で溜息をつきたくなった。

春蘭は長い間、王都華安《かあん》から遠く離れた邑《むら》を守護する守り神だった。そこにあらわれた一人の男、鄭玄楽《ていげんらく》に真名《まな》を奪われるまでは。

真名は神にとって、命そのもの。真名を使い、神を使役することも可能だった。故に春蘭は、人であった頃の肉体に戻り、からくも玄楽の魔の手を逃れた。そして、得意の占いに宣を受け、真名を取り戻すべく王都へとやって来たのだ。

鄭玄楽の生家に辿り着いたまではよかったが、そこに憎き男の姿は見当たらず、春蘭はしばらくの間、鄭家に逗留《とうりゅう》することとなった。しかし、そこで問題になったのが、日々の食《く》い扶持《ぶち》である。

名家にもかかわらず貧しい暮らしをしていた鄭家にとって、食客を養う余裕はない。そこで春蘭は縁あって世話になった妓楼で占師として働くこととなったのだった。

しばらく琴の旋律に聴き入っていると、その音が突然、止《や》んだ。どうかしたのかと顔を上げれば、戸口の辺りに十三、四ほどの少年が立っていた。

上等な布地が使用された濃紺の短服姿で、腰紐《こしひも》だけが黒い。整った顔立ちをしているが、その瞳には驚くほど感情がなく、陶器で作られた人形を見ているようだった。少年の名は袁《えん》蒼羽《そうう》。楼主の侍従である。

「迎えが来たようだ」

立ち上がり少年の傍《そば》へと向かえば、無言で手が差し出される。それを片手で握《にぎ》ると、蒼羽は引っ張るようにして歩き出した。蒼羽は口を利《き》くことができない。詳しい事情は知らないが、まだ幼かった彼を、遠縁に当たる楼主が妓楼に引き取ったそうだ。

「では、行ってくる」

「頑張ってね」

祥琳に見送られ、春蘭は誰もいない回廊《かいろう》を蒼羽とともに進む。頭一つ分ほど背が高い少年は、春蘭の歩幅にあわせてゆっくりと歩いてくれる。

その途中。不意に蒼羽が春蘭の視界を遮《さえぎ》るように前に立った。蒼羽がこういう態度を取る時は、たいてい面倒な相手が通りかかった時である。しかし、前方から歩いて来た人物は、妓楼の警固だった。

名は芳蘇啓《ほうそけい》。歳は三十をすぎた頃。短服の上からでもわかるほど筋骨隆々とした体軀《たいく》と、それに似合いの強面《こわもて》で、鋭い眼光は飛ぶ鳥をも射るのではないかと噂《うわさ》されるほどだ。とはいえ、さばさばとした兄貴肌の性格は、下の者達からも慕《した》われているらしい。

蘇啓は警戒する必要のない相手なのだが、なぜ蒼羽は春蘭の視界を遮ったのだろう。疑問に思った時、春蘭は蘇啓が片手で引き摺っているものに気づいた。

「お、なんだお前らか」

「……それはどうしたのだ？」

　蒼羽の背後から覗き見た先には、顔を変形するまで殴られ気絶している男の姿があった。着ている袍《ほう》は見るからに上等だが、飛び散った血糊《ちのり》のせいで見るも無残な有様である。それを蘇啓は引き摺っていたのだ。

「うちの妓女に乱暴を働いたろくでなしだよ。しかも懐がすっからかんときた。今から、楼主様の命令で、身包《みぐる》み剝いで捨ててくるとこだ」

　にやり、と片頰を歪《ゆが》めて笑う蘇啓は、まさに凶悪の一言に尽きた。話してみれば気さくな性格なのだが、見た目のこともあって妓女達からは恐れられているらしい。確かに、ぼろぼろになった客を引き摺って歩く姿を見れば、妓女でなくとも話しかけたくはないだろう。それに、妓女達がなにか仕出かした際、楼主の命令で罰《ばつ》を与えるのは蘇啓のような警固の仕事だった。

「春蘭も変な客がいたら俺に言いな。すぐ助けてやっからよ」

「その時はよろしく――」

　頼む、と春蘭が言い終える前に、再び視界を蒼羽の背に遮られた。何事かと様子を窺《うかが》っていると、蒼羽はぼろぼろの客を指差して、静かに首を横に振った。そして、回廊の奥を指し示す。一連の動作を見ていた蘇啓は、ああ、と納得するように頷いた。

「子供に見せるもんじゃねぇな。悪かったよ」

　苦笑しながら、蘇啓は客を引き摺ったまま足早に奥へと消えていった。それを見届けると、蒼羽は春蘭の前から体を退《の》けた。

「気遣ってくれたのか？」

こくり、と蒼羽は静かに頷いた。確かに、あれは子供の見るものではない。春蘭とて祥琳の目に入るようなことになったら、同じ行動を取るだろう。

「そうか。蒼羽は優しいのだな」

少しだけ戸惑《とまど》うように、蒼羽は首を横に振った。しかし、歩みを春蘭にあわせてくれたり、怖ろしい思いをしないように配慮してくれたりする蒼羽は、充分に心根の優しい人間だ。

「さて、思わぬ足止めをされてしまったな。みなを待たせては悪い。そろそろ行こう」

先を促せば、蒼羽は微《かす》かに頷いて再び歩きはじめた。黄海楼は中庭を四方から囲む形で建てられた楼閣《ろうかく》だ。見習い部屋があるのは西側で、部屋をもたない妓女や下働きの者達が暮らしている。そこを抜ければ目にも鮮やかな朱塗《しゅぬ》りの回廊が広がり、細かな彫刻《ちょうこく》が施された柱や、透《す》かし彫《ぼ》りの見事な欄干が続く。他にも生花が飾られたり、各部屋からは上品な香木の匂《にお》いが漂ってくる。

蒼羽と春蘭が向かうのは、北側の楼閣である。最上階には楼主の部屋があり、よほどの上客でもない限り、北側の楼閣に通されることはない。いつも占《せん》を行っている房《へや》に入れば、春蘭の代わりに占師に扮《ふん》してくれている樊月儀《はんげつぎ》の姿があった。二十代後半の、おっとりとした雰囲気《ふんいき》の美女である。

春蘭は占師として働いているが、それを知るのはごく一部の者達だけ。妓楼で働く多くの者達からは、あくまでも占師〝秋菊《しゅうぎく》〟の付き人だと思われている。

　やや特殊な存在故に、春蘭は人目を引いた。よく当たると評判の、謎の占師に近しい人物として注目されているらしい。一人で回廊を歩けば、妓楼の誰かしらに呼び止められる。話題はすべて秋菊にかんするものだ。

　春蘭が知らないと答えても、しつこく食い下がってくる者もいる。妓女の中には、新しい客を獲得するための話題として秋菊の情報を得ようとする者や、自分も占ってもらえないだろうかと秋菊への執り成しを頼もうとする者もいた。

　どこからどう見ても子供にしか見えない春蘭に対し、高圧的な態度を取る者も少なくなく、それを見兼ねた楼主から、「仕事の際は部屋まで迎えを出すから、ふらふらと一人で出歩くんじゃないよ」と命じられているのだった。

　月儀は妓女達のような華やかな襦裙ではなく、飾り気のない白を基調とした袍を纏っている。髪も下ろし、装飾品の類も一切、つけていない。

「遅かったのね」

「すまぬ。客を待たせてしまったか？」

「大丈夫よ。あちらも遅れてるようだから」

　笑いながら、月儀は戸口に立つ蒼羽の頭をさらりと撫《な》でた。蒼羽は嫌がる様子もなく、ただされるがままになっている。

「ご苦労様」

こくり、と蒼羽は頷くと、足音を立てずに去って行った。それを見送った月儀は、困ったように嘆息する。

「相変わらず、感情の読めない子よねぇ」

「そうか？」

「笑いもしないし、泣きもしない。いい子だとは思うけど。子供らしくないっていうか——あら、これはあなたも同じね」

こう見えても春蘭は齢《よわい》三百を超える守り神だ。妓楼で働く者の中でも、飛び抜けて高齢である。だが、それを口にしたところで相手を戸惑わせるか、一笑にふされるだけなので、ひとつ溜息をつくことで終《しま》いとした。

「そういうとこが、蟬英姐《ねえ》さんの気に入る理由なんだろうけど」

楼主の名前に、春蘭も頷いた。

「ふむ。確かに、蒼羽は蟬英のお気に入りだな」

「あなたもよ。男でも女でも一癖ある相手に興味を引かれるみたいでね。昔から、蟬英姐さんの客には変わり者が多いって有名だったのよ」

「本人が一番の変わり者だと思うぞ」

「それもそう」

ぽん、と手を叩いて、月儀は愉快げな笑い声をあげた。

「さて、そろそろ準備をしましょうか」

「うむ」

春蘭が房の一画に下げられた御簾《みす》の内側へと入り、続く月儀もいつもの定位置に腰を下ろした。そして、顔を隠すように頭から白い巾《きん》を被《かぶ》る。髪に簪を挿していなかったのは、このためだ。

春蘭も占いで用いる水神盤《すいしんばん》を、すでに準備されている水の張られた盆に浮かべた。気の巡りを確かめるために、中心部分に埋め込まれている玉にそっと触れれば、呼応するように水神盤が緩く旋回《せんかい》した。

春蘭が得意とするのは、水神盤という占具《せんぐ》を使用する占いだ。

その託宣《たくせん》は正確であり、春蘭が人として生きていた頃は、災厄《さいやく》を防ぐために重宝されていたものだ。しかし、占の難しさからか、三百年を経た今では書物の中に記録として残されるのみである。

そもそも占に対する捉《とら》えかたが、がらりと変わってしまったのだ。宮中にはお抱えの占師はいるものの、占の結果が重視されることはなく、また、外れることも少なくないという。巷《ちまた》での占は、あくまでも娯楽の一種となっていた。

「来たようね」

月儀の声に、春蘭は水神盤を盆から取り出し、水気を払う。御簾の向こうから、客を伴《ともな》った妓女の朗《ほが》らかな声が聞こえてきた。

表向きの春蘭の役目は、秋菊の言葉を客に口頭で伝えることだ。秋菊自身は姿を見せず、声も発しない。それは、本来、占を行う春蘭の外見があまりにも幼いために仕組まれたものだが、占師秋菊に神秘的な印象を持たせる結果となった。謎めいた存在に興味を持つのは人の性《さが》。それもまた、集客を目論《もくろ》む楼主の戦略である。

御簾の手前に座った客と妓女が、楽しげな声をあげる。なにを占うか客が妓女に相談しているらしい。春蘭はその遣り取りを聞きながら、視線を水神盤に向けた。やがて、客の名を告げる声と、商売について占ってほしい、という声が聞こえた。

春蘭は頷き、水神盤を水に浮かべる。

手を翳《かざ》し、玉を通して地脈から得られる〝気〟を操る。占において大事なのは、名だ。本人がその場にいれば、さらに精度もあがる。逆に偽名を使われた場合は、茫洋《ぼうよう》とした曖昧《あいまい》な結果に留まることが多かった。

水神盤には精巧な溝が彫ってあり、そこに水が入り込むことによって独自の文様が浮かびあがる。八角が示す方角によっておおよその吉凶が決まり、占師は複雑な文様を読み解くことで答えとした。

春蘭は立ちあがり、御簾から姿を出す。そして、畏《かしこ》まった顔で告げた。

「商売は軌道に乗り、ますます繁盛するだろう。しかし、水難の卦《け》が出ておる。水路ではなく陸路を、品物の中に水に関係するものがあれば、しばらくは取り扱いを避けたほうがよい——とのことです」

それを聞いた商人風の男は、機嫌のよい笑い声をあげた。傍に侍《はべ》る妓女が、さらに男を持ちあげるような甘い台詞《せりふ》を囁《ささや》きかける。すっかりいい気分になった男が、妓女とともに退出していく。

それを見送ってほっとしたのも束の間。間を置かずに、二組目の客だ。春蘭は請われるがまま、占に没頭した。

「……ようやく終わったか」

最後の客が退出し、春蘭は肩から力を抜いた。疲労感にわずかな頭痛を感じ、振り払うように軽く頭を動かす。すると、男が出て行った場所とは違う扉が開き、満面の笑みを浮かべた蟬英が室内に入ってきた。

「ご苦労様、春蘭。今日もよかったよ」

「そうか」

「ただ、最初の客。あの最後の部分は余計だったね。あんまり客の商売に口を出すもんじゃないよ」

おそらく、客につき添っていた妓女から聞いたのだろう。蟬英からは、客が不快になるような占は告げるなと命じられている。気難しい客であれば、商売に口を挟むような言葉は不快に思うかもしれない。

「わかっている。だが、水難の卦は人命にかかわるものであった。おそらく、彼《か》の者の身内の誰かが死ぬのだろう。そうなれば長い間、喪《も》に服さねばならぬ。蟬英も常連客が減るのは困るのではないか?」

「ふん。言うようになったね」

　春蘭が占師として黄海楼に勤めはじめて、半月が経った。

　蟬英が提案したのは、御簾越しに占を行い、占師の正体を秘密にするということだった。春蘭の幼い外見では支障があるためだ。身代わりを立てるのではなく、あくまでも謎の占師としたのは、そのほうが人々の興味を引きやすいと蟬英が踏んだからだ。

　しかも、占ってもらえるのは常連の客のみとした。よく当たると噂が広まれば、それを目当てに常連客が増えるという算段だ。春蘭は表向き、付き人として占師秋菊の占い結果を客に伝える役を担っている。

「私はあくまでも助言をしただけだ。あの男が本気にしなければ意味はない」

「いいや、あの客は陸路を選ぶよ。妓女の前では威張ってるけど、根は小心者と見た。不吉な言葉を押してまで水路は選ばないだろうね」

　そう言いながら、春蘭を見る蟬英の視線には厳しいものがある。余計なことは言うなと言いたいのだろう。春蘭もそれはよくわかっているつもりだったが、可能な範囲で真実を告げようと決めていた。それが自分にできる、最大限の妥協だ。

「今日は四人か……まあまあだね。しばらくは冷やかしの客が増えるだろうけど、そのうちじょじょに減らすから。それまでは頑張るんだよ」

「増やすのではなく、減らすのか？」

「ふふっ。秋菊の値うちを高めるのさ。そのうち、大金を払ってでも、と言いだす客が出て来る」

「そういうものか」

　春蘭にはいまいち理解のできない感覚である。とりあえず、集客に繋がっているのならば、辞めさせられることもないだろう。すると、御簾を上げて月儀が出て来た。

「黙って座っているのも疲れるわぁ」

「あたしが暇な時は代わってやるよ。あんたばかりだと、うちの子達に勘づかれるかもしれないからね」

　秋菊の存在は、黄海楼でもごく一部の者にしか知られていない。蟬英と月儀、それに先日春蘭が占った祥琳の三人だけだ。秘密を知る者は、少なければ少ないほどいい。

「しかし、よく当たるもんだねぇ。陶《とう》家の旦那が、また占ってほしいと言ってたよ」

「陶家……ああ、最初に占った者か」

　月儀の贔屓《ひいき》筋で、裕福な商家の若旦那風の男だったと記憶している。それと同時に、蟬英にこっ酷《ぴど》く説教されるきっかけになった相手でもあった。

　男は月儀に勧められ、ものは試しと思ったのだそうだ。その際に、月儀に代わり秋菊を務めたのは蟬英である。適当に「これからのことを占ってくれ」と言われ、その曖昧さに困りながらも春蘭はいつものように水神盤に手を翳した。

占の結果は〝一両日中に身内に凶事あり〟。

春蘭は家に帰るようにと勧めた。これには月儀も困惑したが、春蘭は秋菊の言葉だと強調し続けた。その態度がよほど腑《ふ》に落ちなかったのだろう、終いには男は気分を害して帰ってしまった。

秋菊としてのはじめての仕事は、蟬英の機嫌を損ねる結果となった。月儀が取りなしてくれなければ、春蘭は妓楼を辞めさせられていたかもしれない。

しかし、その翌日。男は恐縮しきった様子で黄海楼を訪ねてきた。

男には、幼い頃から世話になっていた叔父《おじ》がいたそうだ。実の父のように慕っていた相手だったが、今年に入り体調の優れない状態が続いていたのだという。幸いにもよく効く薬が手に入ったことで、誰もがすぐに持ち直すだろうと思っていたらしい。

その叔父が、急死したのだという。

もしも春蘭が帰宅するように勧めなければ、叔父の死に目に立ち会うことはできなかったと、男は涙ながらに語った。

それでも蟬英はよい顔をしなかった。今回は偶々《たまたま》よいほうに転んだだけ。次もそうとは限らない。約束を盾《たて》に取られれば、春蘭は諾々《だくだく》と従うしかない。以降、蟬英には一度でも約束を破れば即日解雇を言い渡されている。

「陶家の若旦那は常連だし、金払いがいいからね。都合のいい日時を訊《き》いといておくれ」

「伝えておきます」

「ああ、春蘭。帰るんだったら、俥《くるま》を用意してやるよ」

はじめは荷馬車で通っていたのだが、春蘭が予想以上に使えると思ったのか、蟬英は妓楼の俥を出してくれるようになった。行きはよいが、帰りは終刻の鐘が鳴らされる頃になる場合もあり、龍神大路《りゅうじんたいろ》に向かう荷馬車を見つけるのは難しい。春蘭はその申し出をありがたく受けていた。秋菊が占をするのは、日のあるうちから夕刻の間だけ。ここは妓楼。あくまでも占はついでなのだ。

「では、またな」

春蘭は一言、言い置いて廊下に出る。するとそこには蒼羽が立っていて、春蘭を先導するように歩きだした。

いったいいつになったら、真名を取り戻し邑へと戻ることができるのか――。いや、焦ったところで成果は得られない。鄭家に留まることが吉と、占いにでている以上、それ以外に春蘭に残された手立てはなかった。

春蘭が世話になっている鄭家に戻ると、なぜか酒宴の準備が整えられていた。

「旦那様が出世なされたんだ！」

得意げに告げたのは、鄭家の家僕である、孫啓璋《そんけいしょう》だった。年齢は十三。気の強そうな顔立ちの少年で、すぐに感情的になるのが玉に瑕《きず》である。着古された短服に、頭上で結った髪を巾でくるみ、せっせと酒や料理を運んでいる。

「攫猿《かくえん》退治での功労が認められたんだって」

啓璋の言葉を補ったのは、もう一人の家僕、高友寧《こうゆうねい》だった。おっとりした顔立ちと雰囲気の少年で、歳は啓璋と同じ十三。その手にはやはり、酒瓶や酒器が載った盆を持っていた。

「今頃になってか」

半月前のこと。華安を騒がせていた妖《あやかし》が退治された。妖とは、山堺《さんかい》と呼ばれる人里離れた山奥に存在する霊域——そこで生まれる、異形の存在だった。山堺では地脈が乱れ、人や動物は生存できないと言われている。

通常、妖は人里に姿をあらわすことはないが、人や動物を襲って糧としたという話も残されている。その一種に、攫猿と呼ばれる妖がいた。牛車ほどもある大猿で、己の子を為すために妙齢の婦女を攫《さら》うと怖れられる存在であった。

その攫猿が華安にあらわれ、高官の屋敷に押し入り、うら若き子女を次々と惨殺するという事件が起こった。鄭家の当主、鄭仲望《ちゅうぼう》はその大捕物に一役買っていた。

「誰にどれだけ功労があったのか、調べないといけないからじゃない？」

「一番は攫猿にとどめを刺された、楊秀《ようしゅう》様だけどな！」

厳密に言えば、攫猿を仕留めたのは義賊、猩猩緋《しょうじょうひ》である。華国《かこく》において、朝廷と敵対する彼らは、故あって攫猿を狙っていた。とはいえ、真実をそのまま民に伝えるわけにはいかない。朝廷からは正式に、攫猿を討ち取ったのは禁軍の将であるという触れがだされた。

「今日はご馳走《ちそう》だからね」

「お前もたくさん食えよ」

上機嫌の少年達は、足取りも軽く宴会場となっているらしい客間と厨房《ちゅうぼう》を行き来する。

灯《あか》りが漏れるほうへと足を進めれば、そこではすでに酒盛りがはじまっていた。

「おお、春蘭。帰ったのか」

酒杯を片手に出迎えてくれたのは、韓《かん》楊秀である。精悍《せいかん》な顔立ちに、意思の強そうな眼差し。短服の上からでもわかるほど鍛《きた》え抜かれた肉体は、日々の鍛錬《たんれん》の成果だろう。禁軍の将というだけあって、床に胡座《あぐら》をかいて座っているだけでも貫禄《かんろく》に溢れている。

「腹が減っただろう。たくさん食べて大きくなれ」

「顔をあわせる度に、食べろ食べろと。お主には私が豆粒に見えるのか？」

春蘭は溜息をついて、床に座る。そこには大皿に山と盛られた料理が並べられてあった。

食欲をそそる匂いに、腹の音が鳴る。未《いま》だに、空腹は苦手だ。食わなくても数日は動けるだろうと食事を疎《おろそ》かにしていると、腹が抗議するかのように鳴き続ける。守り神であった時は、腹が減るという感覚さえなかった。

「――おかえり、春蘭」

眠気を含んだような声音。顔を向ければ、ゆったりとした袍に身を包んだ、鄭仲望が楊秀から少し離れた場所に座っていた。

長い髪を結いもせず、組紐で簡単にまとめただけの格好。整った顔立ちだが、やる気を感じさせない雰囲気のせいで自堕落な印象を受ける。右目は前髪に隠され、もう片方の左目は生気の欠片も見られなかった。

「出世したわりには、嬉《うれ》しそうではないな」

「職務の内容も、待遇も、なんの変わりもないからね」

「出世したのではなかったのか？」

「そう聞いてはいるけれど。ああ、でも、攫猿退治の報奨金はもらえたかな」

面倒臭げに呟いて、仲望は大皿から料理を摘《つま》んで口に放り込む。一家の当主としては、いささか無作法な行為だ。

本来ならば、官吏として宮中で働いているはずの仲望は、日長、鄭家の屋敷で無聊《ぶりょう》をかこっている。主に政務にかかわる書物を管理する役職のようだが、本人曰《いわ》く、出仕してもしなくても誰も困らないような職務らしい。

「しかし、出世は出世だ。めでたいではないか！」

楊秀がご機嫌で声を張りあげる。それに仲望は顔を顰《しか》め、また少し距離を空けた。だからそんなに離れて座っているのかと、春蘭は納得する。楊秀の足許にはすでに、空になった酒瓶が幾つか転がっていた。

「祝い酒だ。仲望も飲め飲め。屋敷から運ばせたものもあるから、遠慮はするな」

「お前は飲みすぎだ」

「わっはっはっはっ」

鄭家と韓家は親の代より親交があり、仲望と楊秀は長いつきあいだと聞く。特に仲望は、楊秀と同じ禁軍に在籍していたことがあり、四年前の戦《いくさ》で負った怪我《けが》が原因で退役をよぎなくされた。幸いにも官吏として登用されたが、それも閑職のようなもので、友人なりに心配していたのだろう。出世だ、出世だと、まるで我がことのように喜んでいる。

春蘭はそんな二人を横目に、並べられた料理を口に運ぶ。いつもは芋粥《いもがゆ》と野菜の炒め物ばかりの食卓だが、さすがに祝いの席ともなれば見たこともないようなご馳走が並んだ。やがて料理や酒を運んでいた啓璋達にも声がかけられ、「めでたい席だ。お前達もこちらに来るといい！」と楊秀が、まるで自分の邸宅であるかのように手招きする。普通の屋敷であれば、主人と家僕がともに食卓を囲むことはない。

戸惑う啓璋と友寧だったが、仲望が頷いたので遠慮がちに床に座る。いつの間にか仲望の隣に移動した楊秀は、空になった酒杯になみなみと酒を注《つ》ぐ。

「次は、嫁取りだ。これればかりは春蘭の成長を待たねばならぬが、なに、子供はあっという間に大人になる。これで鄭家も安泰だな」

「楊秀の誤解は、いったいいつになったら解けるのだ……」

春蘭は小魚を素揚げにして、甘酢をかけたものを頰張り溜息をついた。楊秀には春蘭の抱える事情を話したにもかかわらず、なにを曲解したのか、仲望に惚《ほ》れ込み鄭家に嫁として押しかけたことになっているらしい。

「それに、楊秀のほうこそ、嫁取りをしなければならぬのではないか？」

「私か？　禁軍にいるうちは、妻帯はせぬつもりだ。いつ戦で命を散らすかわからぬ以上、妻となる人を悲しませたくはない」

　からりと笑って、楊秀はまた杯を空ける。これはなにを言っても無駄だな、と春蘭は早々に諦《あきら》め、楊秀の相手を仲望に押しつけることに決めた。恨みがましい視線を感じるが、春蘭は気にせずご馳走に舌鼓を打つ。

「春蘭。これも美味《うま》いぞ」

「こっちも食べなよ」

「……もう充分なのだが」

　いつの間にか春蘭を挟むようにして座った啓璋達は、次々と料理を皿に盛って差しだしてくる。普段から仲望の世話を焼いているため、つい春蘭の世話も焼きたくなるのだろう。

「ところで、そろそろ楊秀を止めなくてもよいのか？」

「仲望様はお酒に強いから、まだ平気だろ」

「旦那様もすごいけど、玄楽様は底無しだったよね」

　友寧が思い出したように告げる。その名前に、春蘭は眉を寄せた。できれば、楽しい席で聞きたくない名である。

「旦那様と楊秀様、玄楽様の三人で飲み比べしたことがあってさ。楊秀様は早々に脱落したけど、お二人は火華《ひか》っていうすごく強い酒を何壺《なんつぼ》も空にしたんだ。普通の奴だったら、一壺だって飲み切れねぇやつをだぞ？」

「それなのに、翌日はお二人ともけろっとしていて。楊秀様は桶《おけ》を抱えて恨み言を呟いていたっけ」

　楽しそうに当時のことを語る啓璋と友寧に、春蘭は感情の籠《こ》もらない声で「そうか」と応じた。真名を奪った憎き相手であるとはいえ、その不届き者にかんする情報が少ないのも事実。ここは怒りに蓋《ふた》をして、玄楽の情報を集めるべきだろうか、と春蘭は思案した。敵に勝つためには、まず敵の情報を得ることが肝心《かんじん》である。

「つかぬことを訊くが、鄭玄楽とはどういう人物だったのだ？」

「話題に出しておいてあれだけど、春蘭は玄楽様が誰か知ってるのか？」

「四年前の戦で亡《な》くなった、仲望の腹違いの兄だろう」

　鄭玄楽は生きているが、今の春蘭にはそれを立証する手立てがない。いくら声高に主張したところで意味はなかった。そのため、亡くなっていることを前提に話を進める。

「仲望から聞いている」

「旦那様が？」

　二人揃って見開かれた目に、春蘭は内心で訝《いぶか》しく思いながらも頷いた。

「他に誰から聞くというのだ」

「あ、そ、そうだよな」

「う、うん」

　啓璋と友寧はぎこちない態度で、楊秀に酒を勧められ、嫌々ながら杯を飲み乾《ほ》している仲望を、ちらちらと横目で窺っている。

「どうかしたのか？」

「四年前《あれ》から、旦那様は玄楽様のことをなに一つ話さなくなったんだ。だから、旦那様から聞いたって言われて少し驚いた」

　正確には、むりやり聞き出したといった方が正しいが、仲望の口から告げられたことには間違いない。

「あまり詳しくは聞いていない。だから、どのような人物か気になったのだ」

「じゃあ、俺が教えてやるよ。玄楽様はすごい人だったんだ。武術だけじゃなく学問にも秀でていて、文官にって望まれたこともあったほどなんだ。鄭家が代々武官を輩出してきた名家だったから、あまり迷わずに禁軍へ所属されたみたいだったけど」

　春蘭の記憶にある玄楽は、旅人のように薄汚れた格好をしていたが、服の上からでもわかるほど鍛え抜かれた体軀をしていた。あれで文官だといわれても、納得できなかっただろう。

「使用人達にも分け隔てなく接してくれて、俺や友寧にもすごく優しかったんだ。ただ、いつも周りに色んな人がいて、とっても忙しい人だったからな。俺も言葉を交わしたのは、数えるほどしかなかったと思う」

「四年前というと、ぬしは九歳か」

「ああ。ここに来たのは八歳の時だったから、一年とちょっとしか一緒にいられなかったんだけどさ」

「友寧もか？」

「僕はもっと短かったよ。ここに来て半年も経たないうちに戦が起こったから」

今とは違い、当時は他の家僕や侍女、家令といった使用人達が働いていたのだろう。屋敷に連れて来られたばかりの啓璋が、接点を持っていなかったとしても不思議ではない。

「あん時のことは、ほんとに思い出したくない。忘れようとしても無駄だってわかってるけどさ、できればきれいさっぱり忘れたいくらいだ」

四年前のことを語る啓璋の顔つきは険しい。玄楽の死と、仲望の負傷の報告を受けた使用人達は、家僕の少年達を残して我先にと屋敷から去ってしまったのだ。しかも、屋敷にあった金目の物を根こそぎ奪って。

「話が逸《そ》れちまったな。とにかく、玄楽様は偉大な人だったんだよ。他の使用人達も、立派だって噂しまくってたしな」

とはいえ、啓璋も人伝《ひとづて》に聞いた話が多いようで、「偉大」や「立派だ」とかばかりを強調する。

「そうか。ところで、そろそろ楊秀を止めないと、仲望が酔い潰されるぞ」

杯に注ぐだけでは飽き足らず、酒壺を直接仲望の口に押し当てはじめた楊秀を一瞥し、主人思いの啓璋と友寧は顔を真っ青にして立ちあがった。仲望も抵抗はしているのだが、力で押し負けているらしい。

「……しかし、不愉快だな」

啓璋の言葉は、そのまま鄭家で働いていた使用人達の認識なのだろう。つまり、玄楽は鄭家では善人を装っていたことになる。憎む相手を絶賛されて、気分のいい者はいない。満腹感に満足していた春蘭の機嫌は、見た目にはわからないが急激に降下しつつあった。

「止めてください、楊秀様！」

啓璋と友寧が、楊秀の手から酒壺を奪おうと奮闘している。しかし、体格も腕力も人一倍ずば抜けている楊秀にとって、それは猫がじゃれつく程度のものだろう。妨害にすらならない。案の定、気にも留めずに仲望へ絡み続ける。

「しかたがないのぅ。〝白桃《はくとう》〟」

春蘭は己の神獣を呼んだ。腰紐にぶら下げられた玉が淡い光を放ったかと思うと、一匹の大きな虎が姿をあらわす。守り神は神獣を生みだすこともできれば、妖に己の力を与えて神獣とすることもできる。白桃は先代の守り神が己の〝気〟から作りだした神獣だった。それを春蘭は譲り受ける形で使役している。人に戻ることによって、守り神としての力を封じたあの時、白桃がいなければ春蘭は為《な》す術《すべ》もなく玄楽に捕まっていたことだろう。

「仲望を助けてやれ」

「バウッ」

一声鳴くと、春蘭の神獣は仲望を助けるべく楊秀に躍りかかるのだった。巨体に押し潰された楊秀が、顔中を舐《な》め回されるまであと少し。

その日の夜半のこと。

春蘭は微かな物音に目を覚ました。春蘭に宛《あて》がわれた寝室は、中庭に面する回廊に程近い。

誰かが起きてきたのだろうか、と眠い眼を擦《こす》りながら部屋を出れば、月明かりの差し込む回廊に見慣れた後ろ姿があった。

「——眠れぬのか？」

声をかけると、柱に背をもたせかけていた仲望がゆっくりと顔をあげた。その横顔には、疲労の色がありありと浮かんでいる。

「楊秀にだいぶ飲まされたからね」

あのあと、春蘭は昼間の疲れもあり早々に引きあげたが、騒ぎ声からすると、ずいぶんと遅くまで飲んでいたようだった。

「災難だったな」

「まったくだ」

「ところで、ぬしに訊こうと思っていたことがあるのだが」

「なんだい？」

「鄭玄楽」

春蘭がその名を口にした瞬間、仲望の目がわずかに細められた。

「なぜ？」

「まずは敵を知らねばならぬと思ったからだ」

一番いいのは、玄楽の居場所を見つけることである。次に大事なのは、相手が不得手とするものを知ることだ。

禁軍の出身ならば腕は立つと見て間違いはないだろう。接近戦が得意なのか、それとも仲望と同じで弓の扱いに長《た》けているのか。後者ならば、白桃でも手間取るかもしれない。啓璋達から聞いた話だけでは、外面しか推測することができなかった。

「交友関係なども教えてもらえるとよいな」

玄楽は、己の生存を誰にも伝えていないようだった。だが、それはあくまでも春蘭が知り合った者達には、である。春蘭が知らないだけで、もっと深いつきあいをしていた相手がいないとも限らない。もしも、今でも連絡を取り合っている相手がいるとすれば、それは玄楽へと繋がる有効な手掛かりとなるだろう。

「なにも知らないよ」

やんわりとした拒絶。以前にも感じたが、鄭家の兄弟の仲はあまりよいものではなかったようだ。なにより、春蘭が玄楽の生存を示唆《しさ》したにもかかわらず、仲望は微塵《みじん》も興味を示さなかった。普通ならば、冗談を言うなと怒るか、もっと詳しい話を聞かせてほしいと言いそうなものである。

だが、仲望の態度はどれとも違った。

無関心。その言葉がぴったりと当て嵌《は》まる。

「ぬしは兄のことを嫌っていたのか？」

「別に」

「ならば、好いていたのか？」

「別に」

「普通ということか？」

好きでもなく嫌いでもないとなれば、その中間ということになる。それならばそれで別の反応を見せそうだが、と春蘭は首を傾《かし》げた。

「さあ……あまりよく覚えていないな」

「そんなことはあるまい」

「常に一緒にいたわけじゃあない。禁軍に所属していた時は、住む場所も別々だった」

月明かりに照らされた仲望の横顔は、端整なだけに作り物めいて見えた。それも感情の籠もらぬ人形のような。内面から滲《にじ》み出るような拒絶を感じてはいたが、春蘭に引くつもりはなかった。

「なにも覚えていないということはないだろう。それとも、玄楽を敵と見做《みな》す私に協力はできぬか」

幼い頃から共に育ってきた兄弟と、突然、屋敷に押し掛けてきた見知らぬ相手。比べるまでもなく、誰もが前者の味方をするだろう。

だが、と春蘭は口にした。

「――それはないな。あやつの味方ならば、私は鄭家《ここ》に逗留させてもらえなかったはずだ」

だからといって、春蘭の味方というのも違う気がする。仲望は春蘭に対して、そこまで親身になってはいないはずだ。居候《いそうろう》にかんしても、断るのが面倒だ、という単純な理由で許可されたのだ。

「それに、ぬしは玄楽が生きていると言っても、興味を示す素振りすら見せぬ」

春蘭の言葉を信じていないのでは、と考えることもできる。しかし、仲望は不思議なことに、春蘭の身の上を否定するような態度は取らなかった。

「嫌っているわけではないのならば、もう少し反応があってもよいはずだ」

しばらくの沈黙のあと、仲望は億劫《おっくう》そうに溜息をついた。なにかしらの答えが得られない限り、春蘭が引かないと思ったのだろう。

「――どうでもいい。これが本心だよ。たとえ兄が生きていようが死んでいようが興味はない。関係のないことだ」

仲望は玄楽に、家族としての愛情を抱いていなかったのだろうか。興味も関心もないなどということが、本当にありうるのだろうか。

「……私には、ぬしがそう思い込もうとしているようにしか見えぬ」

共に暮らした日数は数えるほどだが、その間にわかったこともある。仲望は他人に対し無関心そうに見えるが、時として情の深い一面を見せることもある。攫《おも》猿《や》を退治する際、体に負荷がかかると承知の上で春蘭を危機から救ってくれた。けっして思い遣りの欠落した人間ではないのだ。

　だからこそ、玄楽に対する仲望の態度には疑問ばかりが残った。

「春蘭には関係のないことだよ」

　確かに関係はない。明確に引かれた一線。それを越えるつもりはなかったが、説明のできないわだかまりが胸に残ったのも事実だった。

「そうか。だが、玄楽にかんすることは話してもらうぞ」

「……しつこいね」

　仲望の眉間《みけん》に皺《しわ》が寄せられた。機嫌を損ねてしまったのだろうか。しかし、春蘭にも引けぬ理由がある。冷たさを含んだような眼差しを、春蘭も挑むように見上げた。そこでふと、春蘭の胸中に不穏な考えが過る。

「……ぬしは玄楽を庇《かば》っているのか？」

　表立って抗議することはないが、心の中ではどう思っているか定かではない。春蘭を手元に置いているのも、その動向を玄楽に報告しやすいからではないだろうか。

　一度芽吹いた疑いの種は、黒い感情で春蘭の心を満たそうとした。それを払拭《ふっしょく》したのは、己に向けられた仲望の静かな眼差しであった。風のない湖面のように、わずかな揺らぎすら見られない。深く息を吸った春蘭は、昂《たかぶ》りそうになっていた感情を静めた。

「すまぬ。今のは八つ当たりだ」

「八つ当たり？」

「うむ」

もしも、仲望と玄楽が繋がっているのならば、すでにあの男は春蘭の前にあらわれているはずである。それに、水神盤がこの場所を〝吉〟と占うはずがない。冷静になって考えてみれば、仲望が玄楽の仲間である可能性は限りなく低かった。

「どうやら、自分でも気づかぬうちに焦っていたようだ」

鄭家に逗留するようになって、もう幾日もすぎた。だが、未だに玄楽の影すら摑めていない。焦らずにいる方がむりというものだ。特に、雨の日は落ち着かない。雨期はまだ先だと頭ではわかっているが、もしも例年になく、雨量の多い年だったとしたら——そう思うだけで、胸が引き絞《しぼ》られるような焦燥《しょうそう》を感じずにはいられなかった。

中庭に目を向ければ、ほどよい月光が辺りを柔らかく照らしだしていた。時折、髪を撫でる風もひんやりとしていて心地がいい。

仲望と玄楽の間には、なにか複雑な事情があるのかもしれない。そうでなければ、兄弟相手に〝どうでもいい〟などと言うはずがないのだから。

だが、それも春蘭にしてみれば関係のないことではある。自分には兄弟関係に踏み込む理由はない。理由はないが、あまりにも頑《かたく》なな態度を取り続ける仲望が気になるのも確かだった。

夜鳥の物悲しい鳴き声が響く。

春蘭は仲望につきあって、しばらくの間、静かに中庭を眺めていたのだった。

第二章

薄暗い室内に、涼やかな琴の音が響き渡る。

真剣な眼差しで琴を爪弾《つまび》く祥琳《しょうりん》を、春蘭《しゅんらん》は少し離れた場所から眺めていた。

二人がいるのは、楼閣の西側の奥まった房で、妓女見習いの少女達が休憩するところなのだそうだ。一人前の妓女になると、はじめに四人部屋が宛がわれ、固定客がつくようになれば二人部屋に、客数が上がれば一人部屋へと移動できるのだという。

紡《つむ》がれる音は実に優雅である。しかし、視界に映る楽人の姿があまりにも必死で、見ている春蘭は落ち着かない。蟬英《せんえい》が指摘していたのも頷ける気がした。

曲が佳境に差し掛かり、祥琳の気迫も並々ならぬものになる。そして、最後まで弾き切った祥琳は、安堵したような笑みを浮かべて春蘭に向き直った。

「ど、どうだった？」

「音はよい。ただ、もう少し優雅に弾けぬか？」

「あう……」

落胆するように肩を落とした祥琳は、縋《すが》るような眼差しを春蘭に向けた。

「ねえ、春蘭。どうすればいいと思う？」

「私には楽器の素養はないからのう」

妓女は、ただ客の相手をするだけでは務まらないのだそうだ。特に黄海楼《おうかいろう》のような高級妓楼の場合、妓女には一流の才が求められるらしい。楽器をはじめ、舞い、詩文の創作、客との会話にも機知に富んだ受け答えが求められるのだという。

祥琳には琴の才がある。しかし、生真面目な性格が災いし、いざ人前となるとなかなか本領を発揮できないでいるようだ。確かに、才能はあるが妓女には不向きな性格だな、と春蘭は苦笑した。

「春蘭は占いをする時、緊張したりしないの？」

「慣れてしまったからな」

「じゃあ、昔は？　覚え立ての時は、緊張しなかった？」

「昔、か……」

祥琳の問いに、春蘭は眉を寄せて困惑した。昔と言われても、それはあまりにも遠い。神となる前の記憶は酷く朧《おぼろ》げで、はっきりと覚えていることのほうが少なかった。

「緊張した覚えはないが……性格の問題もあるとは思うぞ。私は少々図太いらしいからな」

自分に訊くよりも、妓楼の先輩に訊ねたほうがよほど参考になるだろう。そう告げれば、すでに粗方《あらかた》聞き込み済みなのだと、祥琳は溜息をついた。祥琳は占師、秋菊《しゅうぎく》の秘密を知っていることもあり、妓楼の中ではもっとも親しい相手である。できれば力になってやりたい。

「……そういえば、これはどういう曲なのだ？」

「確か、恋の歌よ。春が訪れたように、愛《いと》しいあなたが早く私の許に来るように、っていう内容なの。〝愛しいあなた〟が片想いの相手なら哀歌。両想いの相手なら恋歌。弾き手の解釈次第だって、月儀《げつぎ》様がおっしゃっていたわ」

「ふむ。では、それを考えながら弾くとよいかもしれぬ。緊張していることなど忘れてしまうぞ」

祥琳は音を外さないように気負いすぎているせいで、ぎこちなさがより目立っているように思える。別のことに意識を向ければ、少しは緊張も和らぐのではないだろうか。

「じゃあ、もう一曲――って、そろそろ俥の手配がすんだ頃よね」

意気込んだ祥琳だったが、帰りの時刻が迫っていることに気づき落胆するように肩を落とした。すでに今日の仕事を終えた春蘭は、楼主が手配してくれた俥を待っているところである。

「誰かが呼びに来るだろうから、それまで聞かせてくれ」

「そっか。じゃあ、もう一回、はじめから――」

春蘭が見守る中、大きく深呼吸した祥琳は琴の弦に手をかけた。

室内の空気がぴんと張りつめる。

先ほどとは違い、脳裏で曲の内容を追っているせいか、今まであった硬さが薄れているようだ。流れる指の動きは、束縛から解放されたかのように生き生きと動き、弦上を自由に跳ね回っている。

その指先から複雑に紡がれる音には軽やかさがあった。心が浮き立つようで、でも、少しだけ寂《さび》しげで。弾き手の意識が違えば、同じ曲でも、こうも変わるものなのかと春蘭は感心する思いで祥琳を見つめた。

　演奏を終えると、額に汗を滲ませた祥琳が顔をあげた。緊張した面持ちの少女に向かって、春蘭は笑みを浮かべる。

「よかったぞ」

「ほ、本当に？」

「ああ」

　祥琳が、心の底から安堵したような表情を浮かべた時だった。勢いよく扉が開いたかと思えば、蟬英がずかずかと室内に踏み込んできた。

「それだよ、祥琳！」

「せ、蟬英様？」

「ようやく乗り越えられたんだねっ」

　ぎゅうぎゅうと抱き締められた祥琳は、豊満な胸に挟まれて顔を真っ赤にしている。ずっと祥琳のことを気にしていたらしい蟬英は、我が事のように喜んでいた。

「ところで、祥琳。ぬしはこの曲をどう解釈して弾いたのだ？」

　蟬英の豊満な胸に押し潰されながら、祥琳はたどたどしい口調で告げた。

「恋歌だよ。だって、悲恋で終わるのは悲しいから……ちゃんと伝わった？」

「うむ。幸せな音だった」

「ほ、本当にっ？」

頷けば、祥琳が嬉しそうに破顔した。

「おっと、そうだった。ここに来たのは他でもない、春蘭、あんたに用があったんだよ」

祥琳の頭を撫でながら、蟬英は春蘭を振り返った。

「実は、もう一人占ってほしいんだ。秋菊の営業は終わったんだけど、ちょっと断り辛いお客でねぇ。終刻の鐘には間にあいそうにないから、今日は泊まっていきな。鄭《てぃ》家には使いを出しておくよ」

「わかった」

「髪型を整えてる暇はないから服だけ替えようか。派手なやつにすれば、見場はなんとかなるだろうしね」

よほどの上客なのか、珍しく蟬英は焦っているようだ。あまり面倒な相手でなければいいが、と春蘭は心中で呟いた。

服装を替えて秋菊専用の房に入れば、すでに月儀は御簾の奥にある定位置に座っていた。御簾の中に乱入するような不躾《ぶしつけ》な客はいないが、念の為に月儀は白い巾で顔を隠している。春蘭も並んで座り、水神盤《すいしんばん》を水が張られた盆の脇に置く。

「のう、月儀。相手はどのような客なのだ？」

「いつも相手をするのは蟬英姐さんだから、私も知らないわ。でも、それなりの身分を持つ人じゃないかしら」

曖昧に言葉を濁す月儀に、春蘭は「そうか」と返した。

楼主である蟬英が応対するのだから、月儀が言うように相応の身分を持つ人物なのだろう。そうでなければ、いくら常連客でも、このような突然の申し出は断ったはずだ。できうる限り客の要望には応えるが、蟬英は決まりごとをそう簡単に曲げたりはしない。

「まあ、なにを占うのかっていう点については、いくら相手が上客だからといって、蟬英姐さんも無茶な話は受けないだろうし。春蘭はいつものように気楽にしていればいいわよ」

春蘭にも制約があるように、客に対しても幾つかの決まり事が設けられている。

あくまでも、占を行うのは本人の身辺のみ。他者にかんする占は行わない。官吏の場合、政務に関係する占も不可――。

揉《も》め事《ごと》を回避する意味あいと、春蘭の占師としての腕を政治や金儲《かねもう》けに利用させないための牽制《けんせい》である。それにここはあくまでも妓楼。占屋ではない。秋菊の名ばかりが、独り歩きしてもらっても困るというわけだ。

しばらくすると回廊を渡る足音がして、房の扉が開けられた。

「――どうぞこちらへ」

蟬英の声だ。衣擦《きぬず》れの音がして、客が御簾の前に座る気配がする。客から御簾の中は見えないが、春蘭の側からはおおよそ動きなどはわかるようになっている。

「むりを言ったのではないかい？」

「いいえ。そんなことございませんわ」

蟬英の態度も、客に対するものへと変わっている。声音も優雅で、物腰も格段に柔らかい。はじめてそれを目にした時は、別人かと驚いたほどだ。当然のこととはいえ、思わず感心してしまった春蘭である。

「陶《とう》家の若旦那にね、ぜひにもと勧められて。どうしても興味を引かれてしまったんだよ」

「あら、あとで陶の若旦那にお礼を言わなければなりませんねぇ。最近、とんと顔をお見せにならないから、ついにいい人でもできたのかと残念に思っていたんですよ？」

「いい人がいたにはいたんだが、残念なことに振られてしまったよ」

「ずいぶんと、人を見る目のないご令嬢《れいじょう》もいたものですね」

二人の会話に耳を澄《す》ませていた春蘭であったが、どこかで聞き覚えのある客の声に引っ掛かった。はて、どこで聞いたのだろうか、としきりに首を傾げていると、その様子に気づいた月儀が巾を捲《めく》って問うような眼差しを向けてきた。だが、勝手に喋《しゃべ》るわけにもいかない。

春蘭は小さく首を振って見せた。

「では、なにを占ってもらおうかな。いざとなると迷ってしまうもんだね」

低くもなく高くもなく、耳にちょうどいい声音。自分はいったいどこで耳にしたのだろうか、と悩む春蘭に、蟬英が答えをくれた。

「翰栄《かんえい》様の、未来のお相手なんていかがでしょうか？」

「かっ……！」

反射的に口を覆ったおかげで、春蘭の驚きは二人に届かなかったようだ。

呂《りょ》翰栄。

以前、春蘭が怪我をした際、手当を施してくれた青年だ。親切ではあるのだが、突拍子もない言動の印象が強く、春蘭の記憶には変人として刻まれていた。茶房の奥に間借りしていると言っていた翰栄が、なぜ黄海楼の上客なのか。あまりにも突飛なことに、春蘭は二の句が継げなかった。

二人の会話を聞きながら、さてどうすべきかと春蘭は頭を悩ませた。おそらく翰栄は春蘭の顔を覚えているだろう。春蘭は手当の礼にと翰栄のことを占っているのだから。ここで占の結果を告げるために顔を見せれば、秋菊の正体が春蘭だと知られてしまう。悪い人間には見えないが、かといって信頼に値する相手とも言えない。相談しようにも、蟬英は御簾の向こうだ。

素早く決断した春蘭は、月儀の耳元で囁いた。

「知りあいだ。ぬしは、声を知られているか？」

それに、月儀は首を左右に振る。顔は知られているが声まではといったところか。ならば、月儀が秋菊の振りをして喋っても支障はない。

「ならば、私の言う通りに話してほしい」

月儀が頷いたと同時に、翰栄の声が響く。

「では、私の将来の相手を占ってもらおうかな」

月儀と視線を交わし、春蘭は水神盤を水に浮かべた。

そういえば〝呂翰栄〟という名は偽名だった。思い出すが、それを指摘できるはずもなく、春蘭はできるだけ相手の相貌を思い出しながら水神盤に手を翳した。水神盤で個人のことを占う場合、その人物の本名が必要となる。名がなくとも占うことは可能だが、曖昧な結果しか得られないのだ。

しばらくして、卦を得た春蘭は、水神盤の上から手を退《ど》けた。

「結婚はできる、と伝えてくれ」

「……結婚はできるでしょう」

御簾の向こうで、蟬英らしき影が身動《みじろ》ぎするのがわかった。なぜ、春蘭が出て来ないのか訝しく思ったのだろう。だが、それに答えることはできない。春蘭は続けて、月儀の耳元で囁いた。

「相手の女性とは、すでに出会っている」

「……お相手の方とは、すでに出会っていらっしゃいます」

「名前に花を表す字を持ち」

「……相手の方のお名前には、花を表す漢字が使われております」

「両親とは死別している」

「……ご両親は亡くなられているようです」

わかるのはここまでだ。年齢や、どこに住んでいるのかまでははっきりとしない。ただ、それは酷く不安定な未来であり、必ずそうなるという保証はできなかった。以前、翰栄の未来を占った時と同じ結果である。この程度ならば、蟬英も文句を言わないだろう。春蘭は最後に一言つけ加えた。

「ただし、確定した未来ではない」

「……ですが、これは一つの可能性です。あなた様の未来は、未だ定まってはいません」

ちょっと余計なことを言いすぎただろうか、と春蘭は一瞬後悔したが、問題があるならば月儀は無言を貫《つらぬ》くはずである。

「終わりだ」

「……以上でございます」

これで、あとは蟬英が上手く対応してくれるだろう。緊張からの解放に、春蘭は内心で安堵の溜息をついた。

しかし、ここで予想外の事態が起こった。

蟬英が制止する間もなかったのだろう。あっという間に撥《は》ね上げられた御簾と、突然、目前にあらわれた見覚えのある顔に春蘭は啞然《あぜん》とした。そして、翰栄は春蘭に向かって悪びれた様子もなく、

「やっぱり、春蘭だった」

と、嬉しげに言ってのけたのだった。

これに慌てたのは蟬英である。春蘭と同様に、呆然《ぼうぜん》としていた蟬英だったが、すぐに我に返り、硬い声で翰栄に告げた。

「翰栄様。無作法にもほどがあります」

「ごめんね。でも、確かめたくて」

謝罪する気があるのか、と問いたくなるような悪びれない態度に、春蘭の視界の端に映る蟬英がぴくりと唇を震わせた。確かに、秋菊の正体が春蘭だと確認するならば今しかない。だが、やっていいことと悪いことがある。位の高い妓楼では、客にもある程度の品位が求められるのだから。

「ぬしは、もう少し反省の色を見せたほうがいいぞ」

憤然として告げれば、蟬英が慌てたような声をあげた。

「春蘭。翰栄様に失礼だよっ」

失礼なのはこの男のほうなのだが、蟬英にしてみれば上客の一人。春蘭を咎める視線には、何事にも動じない蟬英には珍しく、困惑と焦りが滲んでいるようだった。

「気にしなくてもいいよ。春蘭と私は深い仲だから」

「どこをどう勘違いすれば、そうなるのだ。私はぬしと深い仲になった覚えなどないぞ」

「私のところで働かないかと誘ったじゃないか。あ、なんなら結婚なんてどうかな。春蘭も名前に花の文字が使われているよね？」

なぜか翰栄は強気の姿勢を崩そうとはしない。むしろ、きらきらと輝く目で春蘭を見つめてくる。

「私ではない。他にいるのだろう」

「心当たりは春蘭しかいないんだけどねぇ」

「ぬしが憶えていないだけかもしれぬ。よく思い出すがよい」

「私ほどお買い得な相手もいないよ？」

「自分で言っているところがいけ好かぬ」

「えー」

翰栄が不満げな声をあげるが、事実なのだからどうしようもない。嫁ぐ気はまったくないが、そもそも偽名を使っているような胡散臭《うさんくさ》い相手とは知己になるのもごめんである。やれやれ、と嘆息すれば、視界の端に頭を抱えている蟬英の姿が映った。

「まあ、いいか。ここに来れば、春蘭に会えるとわかったからね」

やはり、その態度には違和感を覚える。よほどの上客なのか、それとも——。

「私に会ったところで、意味があるとは思えんがな」

「まさか。君の占いは有益だよ」

ならば、本名を名乗ったらどうだ、という言葉を春蘭は呑《の》み込んだ。これ以上、目をつけられては困る。

「春蘭、もう下がりなさい」

額を押さえた蟬英が、溜息交じりに告げる。知りあいとはいえ、客への態度ではなかったなと反省しつつ、春蘭は立ちあがった。ひらひらと手を振る翰栄を一瞥し、春蘭は房を出る。すでに終刻の鐘は鳴ってしまったので、鄭家に戻ることはできない。春蘭が見習い部屋へと戻るべく回廊を歩いていると、いきなり背後から強い力で突き飛ばされた。

「！」

転びそうになるが、壁に手をついてなんとか転倒は免れる。いったい誰が、と振り返れば、そこには二十歳前後の女が立っていた。

紅色の派手な襦裙《じゅくん》をきっちりと着込んだ姿は、他者を拒絶するような雰囲気を漂わせていた。結い上げられた髪は、豪奢《ごうしゃ》な細工が施された簪や大輪の生花で艶《つや》やかに飾られている。気品のある佇《たたず》まいではあるが、美しい容貌に浮かぶ傲慢《ごうまん》そうな表情がそれを打ち消していた。

「邪魔よ」

冷たい声だった。そこには幾許《いくばく》かの侮蔑も含まれているように思える。初対面の相手だが、なぜ敵意を向けられているのか。意味がわからずに、春蘭は眉を寄せた。

「あんたみたいに薄汚い娘が、ここにいていいと思っているの？」

ここ、というのは、最上階のことを指しているのだろう。以前、階が上がるごとに、客の質も、妓女の質も高くなるのだ、と祥琳が教えてくれた。

「すまぬな。仕事を終えたので、見習い部屋に戻るところだった」

ひくり、と女の唇が痙攣《けいれん》した。

「あの女に気に入られてるからって、この私にそんな口を叩くだなんてっ……！」

「そもそも、ぬしは誰なのだ？」

「ほ、本当に礼儀を知らない娘ねっ」

人にぶつかっておいて、謝罪の一つもない女のほうがよほど礼儀知らずなのだが、それを指摘しては火に油を注ぐことになるだろう。それくらいは春蘭でもわかる。さて、どう対処すべきかと頭を悩ませていると、回廊の角から救いの主が姿をあらわした。

「紅燕《こうえん》？　こんなところで、どうし――あら、春蘭も？」

春蘭に続いて退出した月儀が、不思議そうに首を傾げる。紅燕、というのが女の名なのだろう。月儀に気付いた紅燕は、忌々《いまいま》しげな眼差しを残すとそのまま奥へと去ってしまった。

「なにか難癖でもつけられた？」

「難癖……なのか？」

一方的に怒鳴られただけで、会話らしき会話はなかった。わざとぶつかってきたことを考えれば、難癖をつけられたのだろうとは思う。しかし、なぜ自分が、と疑問に思わざるを得ない。妓楼で顔見知りなのは、ごく一部の者達だけだった。それに月儀は困ったように微笑《ほほえ》む。

「春蘭が悪いんじゃないわ。紅燕は誰に対してもああなの。でも、特に蝉英姐さんのことを目の敵《かたき》にしていてねぇ。だから、気に入られている春蘭のことを快く思っていないのよ。その前は祥琳を虐《いじ》めていたわ」

「ふむ」

「秋菊についても、あれこれ聴き回っているみたいだから、気をつけてね。あの子は、うちの中でも一番の花持ちだから、客を取られるんじゃないかって気が気じゃないのよ」

「花持ち？」

「借金のことをそう呼ぶの。紅燕が背負ってる額じゃ、身請けしたいという客も出て来ないだろうし。借金を返せずに歳ばかりを取った妓女の行く末は、悲惨なものだからね。次からは、一人で出歩いたりしないようにね」

「わかった」

月儀と並んで、春蘭は回廊を歩く。以前、蟬英が妓楼を〝華やかなだけの地獄《じごく》〟だと評していた。今、春蘭と話している月儀や、必死に琴の練習に励んでいる祥琳も、みなここに売られてきたのだ。わかっていたこととはいえ、彼女達の置かれた境遇には複雑な気持ちを覚えずにはいられなかった。

手が空いている者は大広間へ集まるように、と指示があったのは、翌日の昼前だった。

基本的に妓楼の朝は遅い。下働きや妓女見習い、門番といった一部の者達は起きているが、妓女の大半は太陽が中天にくるまで姿を見せることは滅多にない。昼前に集められるということは、よほど重要で急ぎの報《しら》せがあるのだろう。

「なにかあったのかな？」

春蘭の隣に座る祥琳が、不安げに眉を寄せる。このようなことは珍しいのか、祥琳の他にも表情を曇《くも》らせている者は多い。

「まあ、何事もなければ、このように集められることもないだろうな」

「それはそうだけど……」

春蘭達がいるのは、大広間の後方、それも隅に近いところだった。集まるといっても、位によって座る場所が異なるのだと、祥琳は言う。

上座の近くは、部屋持ちの妓女達が占めるのだそうだ。その周囲には、各妓女の取り巻き達が群れるようにして座り、少し離れてその他の妓女達が固まっている。下働きの家僕や下女達は、後方の余った空間に身を寄せあい、入り切れない者達は回廊に溢れている。視線を向ければ、扉から首だけを覗かせて中を窺っている者もいた。

隙間《すきま》なく詰めれば全員入れるかもしれないが、妓女達が、下働きの者達と同席することを快く思わないのだそうだ。そう教えられたあとで、上座の近くに座る妓女達を窺えば、口にこそ出さないが、不満げな表情をしている者が多いように見受けられた。

「お、あの者は……」

上座を窺っていた春蘭の目に、昨日、皮肉たっぷりに突っ掛かってきた呂紅燕の姿が映った。今日も牡丹《ぼたん》の絵柄が描かれた、目にも鮮やかな襦裙《いしょう》を身に纏っていた。まだ化粧もしていない妓女達もいる中で、髪型から衣裳に至るまで完璧に整えた紅燕は実によく目立っている。

「どうかしたの？」

「いや、見知った顔を見つけたものでな」

「春蘭は余裕だよね。私は、なにを聞かされるのか不安なのに」

「そうか？」

「少なくとも、春蘭みたいに周りを見てる余裕なんてないわ」

　真剣な表情を浮かべる祥琳に、春蘭は苦笑した。余裕があるように見えるというが、それは互いの置かれた立場に違いがあるからだろう。祥琳達にとって妓楼は家そのものだ。彼女達は借金を背負っているうえに、帰る場所がない。楼主からの話がなんであれ、それは自分達の暮らしに直接結びつく。

　対して、春蘭には帰る場所がある。職を失ったとしても、しばらくは生活できる環境が整っているのだ。言葉は悪いが、しょせん他人事《ひとごと》。故に、祥琳が言うように余裕があるように見えるのだろう。

「だって、こんなのはじめてで……」

　不安そうに俯《うつむ》く祥琳の頭を、春蘭は宥《なだ》めるように撫でた。こればかりは、話の内容が悪いものではないことを願うしかない。

「お、ようやく来たみたいだぞ」

　広がるざわめきは、楼主の登場を示していた。

大広間の上座に黄海楼の女楼主、淘《とう》蟬英が姿を見せた。蟬英は妙齢の佳人である。目を瞠《みは》るほどの華やかな容姿に、均整の取れた見事な肢体。紫色の襦裙から覗く素肌は、遠目から見てもわかるほど白く際立っていた。

「――さて。よい報せと、悪い報せがある」

しんと静まり返った広間に、蟬英の凜《りん》とした声が響いた。

「まずはよい報せだ。宮中から使者の方がお見えになって、十日後に行われる宴《うたげ》に黄海楼から妓女を呼びたいと仰せだ」

わっ、と歓声が湧いた。それを蟬英は手を叩くことで制する。

「むろん、呼ばれるのはうちだけじゃあない。他の妓楼にもお呼びがかかっている。これは黄海楼の名を広める絶好の機会だ。選ばれた妓女は客取りよりも、宴に専念してもらうよ」

声にこそ出さないが、誰もが興奮を抑えきれぬといった様子で目配せしあっている。見れば祥琳も、きらきらと瞳を輝かせていた。春蘭は自分には関係のないことだなと、他人事である。

「その宴には、皇帝陛下もご出席されるのですか？」

声をあげたのは、紅燕だった。それに蟬英は、「そう聞いているよ」と頷く。皇帝が出席するとなると、それなりの規模の宴なのだろう。もしかすれば、楊秀《ようしゅう》や仲望《ちゅうぼう》も出席するのでは、と春蘭は思った。

皇帝陛下が出席する、と聞いた途端、妓女達の間でざわめきが起こった。春蘭が首を捻《ひね》っていると、祥琳が小声で耳打ちする。

「皇帝陛下に見初《みそ》められれば、身請けしていただけるかもしれないでしょう？　後宮に入れなくても、お手が着いたとなれば妓女として箔がつくもの」

「なるほど」

高額な借金を背負う妓女達にしてみれば、なんとしてでも皇帝の目に止まりたいといったところなのだろう。

「静かにおし！　次は悪い報せだ。このところ貧民窟で悪い病が流行《はや》っているらしい」

ざわり、と先ほどとは違う動揺が走った。みな不安げに眉を寄せ、それぞれに困惑の声を漏らす。

「話は終わっちゃいないよ！」

蟬英の叱咤《しった》に、大広間に再び沈黙が降りる。しかし、楼主を見つめる者達の瞳には深い憂慮の色が滲んでいた。

「調べたところ、病は貧民窟だけに留まっていて、外に拡まった様子はない。この話も念のためだと思っておくれ」

被害は貧民窟だけ、という言葉に多くが安堵の表情を見せた。しかし、花街《はなまち》は貧民窟から比較的近い場所にあるため、楽観はしていられない。一部の者達は、厳しい表情を蟬英に向けていた。

「はじめの症状は、腹痛《はらいた》だ。しばらくして高熱が続くと、下痢《げり》や嘔吐《おうと》が止まらなくなるらしい。病を持ち込んでくる客はいないと願いたいけど、もしもおかしな様子を見せるようなのがいたら、すぐに報告するように。下働きのものも、商品を卸していく相手の様子をよく見とくんだよ」

それから、と蟬英は続けた。

「これが一番大事なんだけどね。あんた達も、少しでも体調が悪いと感じたら黙ってないで必ずあたしにお言い。病に罹ったからって、見捨てるようなことはしないと約束する。いいね」

蟬英は、特に最後を強い口調で念押しした。

病に罹ったら見捨てられる、と危惧《きぐ》する者は多い。特に妓女達は誰もが不安を抱いているはずだ。商品としての価値がなくなったものを——むしろ、他の商品に害を及ぼすものを妓楼に留めておくはずがない、と。だからこそ、蟬英は最後の台詞を強調したのだろう。

「報せは以上だよ。くれぐれも用心を怠《おこた》るんじゃないよ」

解散が告げられ、大広間はざわめきに包まれる。宮中で行われる宴について、蟬英の許へ詰め寄る者もいれば、不安げな様子で足早に広間を出て行く者もいる。

春蘭も部屋に戻ろうと立ち上がった時、祥琳が座ったままだということに気づいた。心なしか先ほどより色を失った顔つきで、茫然《ぼうぜん》としたまま動こうとしない。

「祥琳？」

「え、な、なに？」

声をかければ、祥琳ははっとしたように春蘭を見返した。

「話は終わったぞ。部屋に戻らぬのか？」

「あ、そうだね。行こっか」

慌てて立ち上がった祥琳は、焦っているようだった。首を傾げた春蘭は、すぐ理由に思い至った。

「もしかして、以前に私が言ったことを気にしておるのか？」

「え？」

以前、祥琳の未来を占った際、春蘭は、疫《えき》を乗り越えられるかどうかにかかっていると告げた。それを思い出し、気に病んでいるのではと思ったのだが、どうやら勘違《かんちが》いだったらしい。

「違うの。春蘭に言われたことを思い出したわけじゃなくて……あ、でも信じてないわけじゃないからね」

占の腕を疑われ、春蘭が傷つくとでも思ったのだろうか。祥琳は、最後の台詞を強調するように言った。

「では、なにをそんなに気にしておるのだ？」

「別になにも……」

祥琳は嘘《うそ》をつけない性格らしい。誰が見ても一目でわかるほど、目が左右に泳いでいた。

「そうか」

祥琳が言いたくないのならば、深く追及するのも憚《はばか》られる。春蘭が頷くと、祥琳はあからさまにほっとした笑みを浮かべた。

「じゃあ、お部屋に戻ろっか」

「うむ」

春蘭が相槌《あいづち》を打った時だった。その肩を叩く者がいた。振り返れば、蒼羽《そうう》の姿がある。

「どうかしたのか？」

春蘭の手を握った蒼羽は、ついて来いとばかりに腕を引っ張った。

「わかった。祥琳、済まぬが先に戻っていてくれ」

「うん」

返事をする祥琳は、やはり心ここにあらずといった様子だ。気にはなったが、蒼羽が急《せ》かすように腕を引くため、春蘭はしかたなくあとに続いた。

回廊へと出れば、そこかしこで妓楼の者達がひそひそと立ち話をしている。先ほどの蝉英の話を思えば、むりのないことだった。

「のう、蒼羽。私を呼んでこいと楼主に言われたのか？」

人気《ひとけ》のないところに差し掛かった際に、春蘭はそう口を開いた。こちらをちらりと横目で一瞥した蒼羽が、肯定するように小さく顎《あご》を引く。

「そうか」

おそらく、貧民窟で流行っているという病絡《やまいがら》みの話だろう。祥琳のことを占った際には、蟬英も同席していたのだから。

通された楼主の房は、何度見ても感嘆せざるを得ない。飾られている調度品はどれも高価なものばかりで、一つ一つに気品もあり、しかも全体に調和が感じられる。

空へと昇る龍が描かれた衝立《ついたて》や、壁にかけられている山水画は、春蘭の目から見ても見事としか言いようがない。また、室内の天井《てんじょう》や柱、欄間《らんま》に至るまで、精緻《せいち》な装飾が細部まで施されていた。

「私はここで待っておればよいのか？」

蒼羽が頷く。しばらくすると、慌ただしい足音とともに部屋の主が姿をあらわした。

「ああ、うるさいっ。まったく、あたしにぐちぐち言ったって解決するわけないだろ！」

盛大に文句を喚き散らしながら入ってきた蟬英は、円座《えんざ》と呼ばれる敷物に腰を下ろした。そして、脇にあった小箱から煙管《キセル》を取り出すと、手慣れた様子でそれに火を入れる。

「蒼羽。あんたは下がってな」

蟬英の命に、蒼羽は音もなく室内から立ち去る。それを見届けてから、蟬英は春蘭に向き直った。機嫌は直っていないようで、眉間には深い縦皺が刻まれている。

「さて、あんたを呼んだのは、さっきの話に関係したことだよ」

「貧民窟で流行っているという病について、か」

「それもあるが、まず話したいのは宮中で行われる宴の件さ」

「うむ？」

「秋菊を出したい」

　蟬英は真面目な顔で、春蘭を見つめた。

「他の妓楼とは違うことでもしなきゃ、目立たないだろう？　その点、秋菊は他の妓楼にはない、うちだけの強みだ」

「待ってくれ。私としては、そこまで話を大きくしたくはないぞ」

　焦りを覚えつつ、春蘭は首を左右に振った。黄海楼で占師をしているのは、あくまでも食い扶持を稼ぐため。それに、もし目立つようなことをして、玄楽《げんらく》に見つかりでもすればまずいことになる。

「なに、いつもやっていることを実演すればいいんだよ。他愛《たわい》のない余興さ」

「しかし……」

「悔しいことに、それ以外に特筆するような出し物が思いつかなくてね。それに、宮中の宴に出たともなれば、秋菊に箔がつく。今まで以上に、客を取れることになるよ」

　蟬英の顔には、すでに決定事項だと言わんばかりの笑みが浮かべられている。これは断ったところで、却下されるだろうな、と春蘭は溜息をついた。

「……仮に宴に出るとしよう。秋菊は正体不明という売りだが、それはどうするのだ？　宴に御簾を持って行くわけにはいかぬぞ」

「月儀は宴に出すつもりだから、代役を用意するよ。なに、御簾がなくても幅のある袍を着せて、いつものように顔を隠せば問題ないさ」

「だが、占を行うのは私だ。その姿は隠せぬぞ」

「秋菊は腕の自由が利かないことにするから、介添えする振りをして占えばいい。なに、会場はとてつもない広さだ。皇帝陛下もそうだが、官吏様方からはなにをしているかなんて見えやしないよ」

「ふむ」

それならば、万が一、玄楽が宴に紛れ込んでいたとしても、春蘭だと気づかれる恐れはないのかもしれない。

「ただし、客の商売に口を出したり、余計なことはするんじゃないよ」

「もちろん、わかっている。だが、私は卦を曲げて告げることはできない。たとえ、どのような内容であってもだ」

家族に凶事があると出れば、春蘭は躊躇《ためら》いなくそれを口にするだろう。客の意に沿わない結果だったとしても包み隠さず告げる。それが占師としての矜持《きょうじ》である。

「それによって、相手が不快になる可能性もある。特に宴の最中にそのようなことになれば、場も気まずくなるだろう。相手によっては、怒り出すかもしれぬ」

「……確かに、それは困るわね。事前に条件をつけさせてもらえるように頼んでおくよ」

「酒の席だ。条件が守られると思うか？」

「まずそうな内容だったら、やんわりと断ればいいんじゃないかい？　それは私の腕ではむりです、とね。評判に傷がつくかもしれないけどねぇ」

「評判は気にしない」

あくまでも、客足が途切れない程度であればいいのだ。それに、玄楽から真名《まな》を奪い返せば、春蘭が華安《かあん》に留まる必要もなくなる。占師として働くこともなくなる。そう遠からず秋菊は黄海楼から姿を消す。ならばせめて、雇ってもらった恩は返すべきだろう。

「宴に出るぶんには構わぬ。ただし条件はできるだけ徹底させてほしい。なんなら、事前に秋菊の腕前のほどについて説明しておいてくれ。得意なのは失《う》せ物《もの》捜しと簡単な吉凶、もしくは恋占いだ、と」

「わかったよ。まあ、皇帝陛下のいる席で、呑気《のんき》に恋占いを所望するつわものはいないと思うけどね」

蟬英は手早く座卓に紙を載せ、必要と思われる事項を箇条書きにした。その途中で、思い出したように顔をあげる。

「そうそう。流行り病のことだけど。韓《かん》の旦那はなにか言っていなかったかい？」

「楊秀のことか」

鄭家の主の友人であり、禁軍右飛龍《うひりゅう》将軍という要職に就いている人物を思い浮かべ、春蘭は首を横に振った。

「なにも。そもそも、ここしばらくは姿を見ていない」

「会ってないのかい？」

「うむ。以前は、間をおかずに土産《みやげ》持参で来ていたのだがな」

「それは、いつ頃からだい？」

「確か、七日ほど前からだ」

仲望の出世をみなで祝った日である。それ以降、楊秀が鄭家に立ち寄ったという話は聞いていない。

「……そうかい」

「なにか気になることでもあるのか？」

「まあ、あんたにならいいか」

　ふぅ、と蟬英は気だるげな溜息をついた。

「以前、あんたは〝疫〟が流行ると占ったね」

「うむ」

「どうやら、それが現実になりそうなんだよ」

　蟬英は煙管を持っていないほうの手で、額を押さえながら眉間に皺を寄せた。

「貧民窟だけに留まらぬということか」

「みんなにはああ言ったけどね。街中に拡がるのも時間の問題だろうさ。まったく、こんな時だっていうのに」

「……なるほど。だから楊秀なのか」

　貧民窟に端を発した流行り病を、朝廷が把握《はあく》していないはずがない。当然、なんらかの対策が検討されているはずである。楊秀ならば、禁軍の将としてそれに携《たずさ》わっている可能性は高いだろう。

「お偉《えら》いさん達が、どんな対策を取るのか気になってね。知っといて損はないだろう？」

「客の中に高官はいないのか？」

「もちろん、心当たりはあるよ。でも、うちを信用して情報を提供してくれる相手は、限られてるんだ。今の皇帝様は厳しいからねぇ」

「ふむ」

「なによりも、対策を練ってる時に妓楼に来る暇はないだろうさ」

だから楊秀も鄭家に顔を出さなくなったのか、と春蘭は納得するように頷いた。

「まあね、うちもそうやすやすと病を持ち込ませるつもりはないよ」

蟬英はそう請けあった。しかし、春蘭の胸には一抹の不安があった。それは祥琳の未来を占った時のことである。疫を凌《しの》げるかどうかがこれからの未来を左右する、という卦が出ていた。

そこには祥琳が疫に罹る可能性が示唆されていた。乗り越えられるかは五分五分。こればかりは、春蘭も判断のしようがない。だが、それは黄海楼内でも病が流行るという暗示ではないだろうか。

「とりあえず、覚悟はしておきな」

「わかった」

春蘭が頷くと、蟬英はふいに目を眇《すが》めた。そして、どこか自嘲するような笑みを浮かべる。

「嬉しくないのかい？　まだ疫と呼べる規模じゃないが、卦は当たったことになるんだよ」

「どういう意味だ？」

「あたしが知ってる占師達は、占いが当たれば、それがよいことでも悪いことでも誇らしげに胸を張ったもんさ。どうだと言わんばかりにね」

「なぜ誇らねばならぬのだ？」

　蟬英の言葉に、春蘭は困惑した。確かに、疫が流行すれば、春蘭の占は的中したということになる。しかし、それが自分の占の腕を誇ることに繋がるとは思えない。なによりも、疫が流行ることになれば大量の死者が出る。それは喜ばしいことではなかった。

「なぜって、占が当たったんだよ？」

「当たる、という言葉は適当ではない」

　根本的に占に対する認識が違うのだ、と春蘭は苦笑した。蟬英の訝しげな眼差しが、それを物語っている。

「私は〝視《み》て〟いるだけだ」

　それは定められた未来であったり、失せ物捜しであったり、水神盤を通してすべての理《ことわり》を〝視る〟のである。

　春蘭が人として生きていた頃、占とはそういうものであった。

「特に〝災厄〟の影は見逃しようがない。わかって当然だ」

「……あんたの言いかただと、未来はすでに決まっているように聞こえるね」

「定まっているものと、そうでないものがある。自然の理は、どう足掻いても覆《くつがえ》すことはできない。変えられるのは、人の意志によって左右される未来だけだ」

占師はそれを読み取る。待ち受けるものが凶事であれば、回避することを暗に促す。自然の理のように、動かすことができぬものであれば、被害を受ける前に逃げるなどの手段が講じられた。

「もう戻ってもよいか？」

「いいよ。客が来たら呼びに行かせるから、準備だけはしておくんだよ」

「わかっている」

房を出ると、回廊の隅に控える蒼羽の姿があった。目があえば、すぐにこちらへとやってくる。

「話は終わった。部屋まで送って行ってもらえるか？」

返事の代わりに、春蘭の小さな手が一回りほど大きな蒼羽の手に包まれた。

第三章

宮中で行われる宴と、貧民窟での疫の流行を知らされた当日。仕事を終えた春蘭《しゅんらん》は鄭《てい》家へと戻ってきていた。

「のう、啓璋《けいしょう》。最近、楊秀《ようしゅう》が訪ねて来なかったか？」

「楊秀様が？　見てないけど」

質素な短服を着た啓璋は、中庭に作られた畑でせっせと農作業に勤《いそ》しんでいる。すでに夕暮れが迫っており、闇の色が濃い。それでも、今日のうちに種を蒔《ま》いてしまうのだと、啓璋は手を動かし続けていた。ちなみに手伝いの申し出は、あからさまに迷惑そうな表情を浮かべた啓璋によって却下されている。

ざくざく、と土を被せる音が辺りに響く。春蘭は中庭に面した回廊に座って、じっと耳をそばだてていた。

「そういえば、ちょっと伸びたんだぜ」

「ん？　髪か？」

「身長に決まってんだろ！」

顔を真っ赤にして憤慨《ふんがい》する啓璋に、春蘭は首を傾げた。どう見ても以前と変わりがあるようには思えない。

「……気のせいということも」

「毎朝起きたら、柱に印をつけて測ってんだ。んなわけないだろ！」

どうやら毎日、涙ぐましい努力が行われているようだ。なかなか成長を見せない身長に、一喜一憂する啓璋の姿が脳裏に浮かんだ。

「でもよー、友寧《ゆうねい》のほうが少しだけ大きいんだよなぁ。あ、高いっていっても、ほんのちょびっとだからな。勘違いすんなよ！」

「いや、見た目的にはほぼ変わらぬと思うが」

「え、そうか？」

変わらないと言われたことがよほど嬉しかったのか、機嫌をよくした啓璋はうきうきとした様子で手を動かしている。

「最近さぁ、体の節々が痛むんだよな。旦那様に訊いたら〝成長痛〟っていうらしいぜ。なんでも、急に体が大きくなるんだとよ。楊秀様を追いこしちゃうかもな！」

自分が守護していた邑《むら》の少年達にとっても、背丈は重大な関心事だったことを思い出し、春蘭は懐かしげに目を細める。

「ところでさ、花街《はなまち》は大丈夫なのか？」

「なにがだ？」

唐突な啓璋の問いに、春蘭は首を傾げた。

「いや、なんか貧民窟で悪い病が流行ってるって聞いたから。あそこって人の出入りも多いし、一人でも病人がでたら、あっという間に拡がるんじゃないか？　そうなったら、お前もやばいだろ」

「私は平気だ」

　春蘭は自分の体を見下ろした。三百年もの長い間、春蘭の肉体は神気《しんき》によって守られてきた。その効果は、魂《たましい》を戻したあとでも続いている。このまま人として過ごしても、寿命をまっとうするぐらいはもつだろう。

　神気は災厄を退《しりぞ》ける力を持つ。それを身に帯びている春蘭は、たとえ貧民窟を闊歩《かっぽ》したとしても病に罹る心配はなかった。しかし、こちらの事情を知らぬ啓璋は、農作業の手を止めて春蘭を睨《にら》みつけてくる。

「平気なわけないだろうが。流行り病っていったら、どんな屈強な男だってひとたまりもないんだぞ。罹ってから後悔したって遅いんだ！」

「まあ、普通はそうなのだろうが……」

「特にお前みたいな体の小さい子供は、すぐに倒れるに決まってる。病は、子供や老人のほうが罹りやすいって旦那様も言ってたぞ！」

　むしろ春蘭にしてみれば、年齢の割に小柄で、肉づきがよくない啓璋のほうが心配なのだが。それを言ったところで、憤慨されて終わるだけだろう。警戒心が乏《とぼ》しすぎる、と憤慨する少年に、春蘭はとりあえず話題を変えることにした。

「ところで、どこでそれを聞いたのだ？」

「昼間、買い物に出た時に耳にしたんだよ」

「ふむ」

「気の早い奴らは、薬を求めて診療所に詰めかけたって話だぞ」

「正しい判断だな」

貧民窟に蔓延《はびこ》っている病が、やがて華安《かあん》を覆《おお》いつくせば、それは疫と呼ばれるだろう。

「薬かぁ……」

「買えるのか？」

鄭家に高価な薬を買う余裕があるとは思えない。そもそも薬を買いに走っている気の早い者達というのは、金銭的に余裕のある裕福な家の者だけだろう。

「攫猿《かくえん》退治の報奨金が出たから、薬は買おうと思えば買えるんだよ」

でも、今後のことを考えれば貯蓄したほうがいいしなぁ、と啓璋は難しげな顔で呻《うめ》く。この歳で家計のやり繰りに頭を悩ませている少年は、噂を信じて薬を買っておくべきかどうかで迷っているのだ。

「それにさ、その薬が効くとも限らないだろ？　効かなかったら、買うだけ無駄だし。むしろ日持ちする食べ物を、まとめて買っといたほうがいい気がするんだよな。病が流行るようになったら、絶対に価格もあがってくるだろうし」

「それも困るな」

ある意味、薬よりもそちらのほうが重要だろう。食料不足が深刻になれば、多少の金などあっという間になくなってしまう。

「一番は、噂のままで終わってくれることなんだけどな」

　それは、誰もが願っていることだ。貧民窟だけで収まってくれれば、と。だが、蟬英《せんえい》の言葉を信じるならば、病が拡がるのは時間の問題で、そうなれば、またたく間に都全体で猛威を振るうだろう。

　邑で悪い病が流行りそうな兆候があった場合、春蘭はいつもそれを神気で撥ね除《の》けていた。むろん、そのすべてを防ぎきることは難しく、死人が出てしまうこともあった。

「華安には守り神がいないのだろうか……」

　ぽつりと漏らされた言葉は、啓璋の耳には届かなかったようだ。手を止めることなく、鍬《くわ》で土を被せている。

「あ、それと、猩猩緋《しょうじょうひ》の噂も聞いたな」

「ほう」

　義賊、猩猩緋。

　国に盾突く逆賊として広く手配書が回されているが、貧しさに喘《あえ》ぐ者達からは救い手として支持されている。春蘭自身、猩猩緋の構成員とは浅からぬ縁があるため、啓璋の話に耳を傾けた。

「なんでも、病が流行るのは皇帝の治世が揺らいでいる証拠だ、って街頭で演説してたらしいぜ。龍乎《りゅうこ》がくる前に逃げちまうみたいで、まだ一人も捕まってないって噂だ」

「抜け目のない者達だな」

もっとも、そうでなければとっくに殲滅《せんめつ》されているだろう。世論を味方にし、徹底的に相手の戦力を削ぐ。それを地道に繰り返していけば、国家を転覆することも不可能ではないかもしれない。

「猩猩緋は楊秀様の敵だからな。間違っても応援なんてするんじゃないぞ！」

「わかっておる」

やれやれ、と肩を落としながら春蘭は返事をした。しばらく、せっせと働いている啓璋を眺めていると、回廊の奥から足音が聞こえた。姿をあらわしたのは、友寧である。

「夕飯の支度ができたよ。啓璋はそろそろ終わりそうかな？」

「手伝うというのに、聞かぬのだ」

「これが僕らの仕事でもあるわけだしね。春蘭の手をわずらわせるほどのものでもないよ」

苦笑する友寧に、春蘭は溜息をついた。

「街では、病が流行るのではないかと噂されているようだな」

「え、うん。啓璋に聞いたの？」

「ああ。花街のほうは平気かと訊かれた」

「啓璋もね、春蘭のことを心配してるんだよ」

「私は平気だ。病には罹らぬ」

「あのね、春蘭。絶対なんてことはないんだよ」

常になく怖い顔で窘《たしな》める友寧に、ここにも心配性がいたか、と春蘭は肩を落とした。気にかけてくれるのはありがたいのだが、このままでは花街への立ち入りを禁止されてしまいそうな勢いである。別の話題にすり替えたほうが賢明だろう。

「ところで、ここのところ楊秀の姿が見えぬな。友寧はなにか聞いているか？」

「なにも聞いてないけど。禁軍のほうで忙しいんじゃないかな」

「楊秀も大変なのだな」

「それは、責任ある立場の方だからね」

そこで春蘭はふと思い出したように、懐から小袋を取りだした。

「そうだ。妓楼から給金が出たのだ」

今日は妓楼で働く者達に給金が手渡される日で、春蘭も秋菊《しゅうぎく》として働いた分の賃金をはじめて手渡された。小袋はずっしりと重く、自分で稼いだ金だけに感慨深いものがある。春蘭はそれをそのまま友寧に渡した。

「足りるとよいのだが」

春蘭は金銭に関する知識を持ちあわせていない。一家族が十日暮らすのに、どれだけの銭が必要なのか。一袋の米が、どれだけの銭と交換されているのか。神社に奉納されるのは穀物や野菜、家畜といったものばかりで、三百年もの間、銭を見たことは一度もなかった。

「足りぬのならば、もっと客を増やせるかどうか蟬英に訊いて——どうしたのだ、友寧？」

袋の中を覗いて唖然としている友寧に、春蘭は首を傾げた。もしかして、足りていなかったのだろうか。

「少なくてすまぬ」

「え、いや、違う。違うよ！」

友寧が慌てたように首を左右に振っていると、畑仕事を終えた啓璋が近寄ってきた。額に噴き出た汗を袖で拭《ぬぐ》っている。

「どうした？」

「け、啓璋、これっ！」

友寧は小袋を見せ、春蘭が妓楼で稼いできた銭だと告げる。どれどれ、と中身を覗いた啓璋は、先ほどの友寧と同じようにぴしりと固まった。

そして、愕然《がくぜん》とした様子で、

「だ、旦那様の給金より多い……！」

と呟いたのだった。

鄭家に戻った翌日のこと。今日は急遽《きゅうきょ》、大口の宴会が入っているため、妓楼での仕事は休みだという報せがもたらされた。そういう日も珍しくはない。春蘭は房室で一人、暇を持て余していると、こちらへ向かって駆けてくる足音が響く。何事かと体を起こせば、啓璋が慌てた様子で室内に飛び込んできた。

「春蘭、お前に花《か》家から迎えが来てるぞ！　っていうか、遊びに行く予定だったんなら朝にでもそう言えよな。近所の人かと思って、泥のついた格好で出ちまったじゃねえか！」

「……ふむ？」

春蘭は首を傾げた。花家に知りあいはいるが、遊びに行く予定は入っていない。なにかの間違いではないかと思うが、啓璋は急げと春蘭を急かす。

「うちの門前に、花家の俥があったら大変なんだよ」

「なぜ、問題なのだ？」

「うっ、それは俺もよくわかんないけど……でも、こないだ楊秀様が言ってたんだ。花家から使者が来たら、なんでもいいから理由をつけて追い返せって。じゃないと、旦那様が面倒事に巻き込まれるとかなんとか……」

説明する啓璋も腕組みしながら小首を傾げている。ただ楊秀に対する信頼から、言いつけを守ろうとしているのだ。

「仲望はどうした？」

「それが、旦那様は出掛けていて留守なんだよ」

しかし、花家からの遣いとは、どういうことだろうか。あの姉妹——特に妹——ならば、用を思い立ってすぐ行動に移すくらいのことはするだろうが、せめて事前にこちらの都合を確認してもらいたいものだ。

「少し出掛けてくる」

春蘭はそう言い置いて、花家の俥に乗って鄭家をあとにしたのだった。

しばらくお待ちください、と客室に案内してくれた侍女が告げる。椅子《いす》に座った春蘭の前に、香り豊かな甘露茶と、大粒の干《ほ》し葡萄《ぶどう》や杏《あんず》が盛られた皿が並べられた。

通された客室は中庭が一望できる造りとなっていた。妓楼で働くようになって目の肥えた春蘭だったが、やはり花家の庭は見事の一言に尽きる。室内を飾る装飾品も、あつらえたかのように一つの空間に収まっていた。一見して単純なように思えるが、調和の取れた室内を演出する難しさは、妓楼で散々見聞きしていた。

特にそういうことに厳しい蟬英は、どれほど高価な装飾品であっても、場の雰囲気に少しでもあっていなければ、すぐ別のものに替えるように指示を飛ばしていた。その際、見立てを行った妓女はこっ酷く叱《しか》られるため、彼女達も感性を磨《みが》くのに必死である。黄海楼《おうかいろう》の妓女達がこの部屋に通されたならば、室内を見て回るのに忙しいだろう。春蘭も以前とは違うところに目が行ってしかたなかった。

花家の姉妹が姿を見せたのは、春蘭が二杯目の甘露茶を飲み干す頃のことだった。

「遅れてしまってごめんなさい」

心の底から申しわけないといった顔で謝罪したのは、花翠蓮《すいれん》である。歳は十五。たおやかな印象の少女で、年齢よりも二、三歳は上に見える。

今日は仕立てのよい藤色の上衣に、それより少し色の濃い腰裙《ようくん》をあわせていた。艶やかな黒髪は丁寧《ていねい》に結い上げられ、牡丹を模《かたど》った紅色の簪が挿してあった。

「いや、気にするな」

正直、美味い茶に舌鼓を打ち、干し葡萄や杏を摘みながら中庭を眺めていたので待たされた気はしない。

「ほら、姉様《ねえさま》。だからちょっとくらい平気だって言ったじゃない」

春蘭の返事を受け、不服そうに頬を膨《ふく》らませたのは、翠蓮の妹、花玉翠《ぎょくすい》だった。歳は翠蓮の一つ下で、喜怒哀楽《あいらく》のはっきりとした性格の少女である。

薄紅色の上衣に、下には薄い桃色の腰裙をあわせていた。姉と同じく丁寧に結い上げられた髪には、金色の簪が左右に三本ずつ挿してあった。

「私達が呼んだのですよ。お待たせするわけにはいきません」

「もう。姉様は頭が固いんだから」

小さく舌を出した玉翠だったが、姉の咎めるような視線に慌てて背筋を伸ばす。相変わらずだな、と春蘭は頬を緩めた。

花家の姉妹と知りあったきっかけは、春蘭が華安にやってきた翌日、人攫《ひとさら》いに襲われていたところを助けたことだ。厳密にいえば姉妹を救ったのは別の人物なのだが、人攫い達に臆《おく》することなく対峙《たいじ》した春蘭も同じように感謝され、お礼にと花家に招かれたのだった。

以来、姉妹——特に妹の玉翠——に気に入られ、遊びに来てほしいと再三催促《さいそく》を受けていたのである。

「それで、私になんの用なのだ？」

「春蘭は占いが得意なのでしょう？」

玉翠の問いに、春蘭は頷いた。実際に姉妹の前で占ったことはないが、占師として働いていることは告げてある。

「あのね、姉様を占ってほしいの！」

「翠蓮を？」

首を傾げれば、そわそわと周囲に視線をさ迷わせる翠蓮の姿が目に映った。心なしかその頬は朱色に染まっている。

「ほら、姉様からもお願いしなきゃ」

「とある方と結ばれることができるかどうか、占ってはいただけないでしょうか……」

言い終えたあと、翠蓮はさらに頬を赤らめた。それを玉翠が満面の笑みで見つめている。

「恋占いか」

「こ、こここ、恋って、私は別にそんなつもりは……！」

「違うのか？」

春蘭の問いに言葉を失った翠蓮は、しばらくの沈黙のあと、「……そうです」と消え入りそうな声で呟いた。

「では、水を張った盆を用意してくれ」

しばらくすると、注文したものが円卓に用意される。春蘭が懐から取り出した水神盤《すいしんばん》を、水を張った盆に浮かべれば、玉翠の目がきらきらと輝いた。

「ねえ、これはどういう占いなの？」

「水神盤に浮き出た文様や、八つの角が指した方向で吉凶を判断する。して、相手は誰だ？」

「あ、相手の方も言わないとだめでしょうか？」

恥ずかしげに頬を両手で覆う翠蓮は、まさに恋する少女である。春蘭は即答した。

「うむ。名前は重要だ。特に、より詳しく知りたい場合は言わぬより言ってもらったほうがいい」

〝名〟は占において重要なものだ。守り神や仙が持つ〝真名《まな》〟とはまた違ったものだが、人は名を得てはじめて完全な存在となる。名を何度も変えようが、魂に刻まれるのはたった一つ。偽名であれば、違和感として占い手に伝わるくらいだ。

「言いたくなければ無理強《むりじ》いはせぬが」

「いいえ。そういうことならば……」

幾度かの深呼吸のあと、意を決したように翠蓮は口を開いた。

「韓《かん》楊秀様です」

「……ふむ」

告げられた知りあいの名に、春蘭は曖昧に頷いた。同姓同名の別人でなければ、鄭家によく肉饅頭《にくまんじゅう》を手土産に訪れる人物で間違いないだろう。

「春蘭もご存じの方ですから、恥ずかしくて……」

「しかし、いったいどこで見初めたのだ？」

花家の当主は、姉妹の伯父《おじ》に当たる人物だ。高位の官吏と聞いているが、あくまでも文官である。部下を屋敷に招くことはあるだろうが、武官である楊秀とは接点がないように思える。かといって、外出を制限されている良家の子女が、道端で楊秀とばったり顔をあわせたとは考え難い。

そんな春蘭の疑問に答えたのは、玉翠だった。

「攫猿の騒動があったでしょう？　楊秀様が調査にいらした際に、伯父様に引きあわされたのよね」

「え、ええ」

当時のことを思い出したのか、翠蓮は心ここにあらずといった様子で頷いた。そんな姉を見て、玉翠は「一目惚れみたい」と春蘭に耳打ちする。

「ほう。引きあわされたのか」

わざわざ翠蓮を会わせるということは、花家の当主は楊秀を娘婿《むすめむこ》にと考えているのだろうか。楊秀は若くして将軍職に就き、家柄もよい。婚姻を結ぶ相手としては申しぶんないはずだ。

しかし、つい先ほどの啓璋の言葉が引っ掛かる。彼は楊秀から、「花家から使者が来たら、なんでもいいから理由をつけて追い返せ」と、忠告されたと言っていた。花家と接点を持てば面倒事に巻き込まれる。距離を取れ、と。

そう忠告した楊秀もまた、花家にかかわるつもりがないのだとしたら、翠蓮の想いが成就するのは難しいだろう。

「姉様は美人だから、きっと楊秀様も好意を持ってくれるはずよ！」

「そうかしら……」

翠蓮の双眸《そうぼう》は期待に潤《うる》んでいるように見える。まあ、こればかりは実際に占ってみないことにはわからない。春蘭の予想に反して、二人が結ばれるという結果が出る可能性もある。

「さあ、春蘭！」

「うむ」

玉翠は、悪い結果が出るなどとは微塵も思っていないのだろう。嬉々《きき》とした眼差しを春蘭へ向けてくる。翠蓮は不安そうな、しかし期待の籠もった色を表情に浮かべていた。

「占うのはかまわぬが、どのような結果が出ようとも、私はそれを正直に告げねばならぬ。翠蓮にとって好ましくないものだったとしてもだ」

「……はい」

翠蓮は頷くが、いまいち真剣みが感じられない。しょせん占いと、あまり深くは考えていないようだ。

「後悔はせぬか？」

無駄を承知で、確認するように訊ねる。答えはやはり同じものだった。

「では、占おう」

春蘭は盆に浮かぶ水神盤に手を翳した。玉翠は興味津々《しんしん》といった様子で、翠蓮は胸の前で祈るように手を握りながら見つめている。

ゆっくりと気を注ぐと、水神盤が動きはじめた。小刻みに回転し、やがてぴたりと静止する。溝に入り込んでいた水も、ある一定のところで動きを止めた。八つの角が指し示す方向、そして、浮かび上がった文様を見て、春蘭は目を瞠った。

「……これは」

「ねぇ、春蘭。どうなの？　姉様は楊秀様と結婚できそう？」

玉翠が身を乗り出すようにして、矢継ぎ早に訊ねてくる。しかし、春蘭は水神盤に浮かんだ文様に意識を奪われていた。

「これははじめてだ」

おそらく、名立たる占師達の中でも、この卦を実際に目にできるのはほんの一握りの者だけだろう。数ある瑞祥文《ずいしょうもん》の中でも、特にめでたいものには名が贈られる。春蘭は深い感動に浸りながら、それを口にした。

「〝天子吉文《てんしきつもん》〟だ。翠蓮、ぬしは道が途切れることなく続けば、いずれ天子を産むだろう」

天子とは、天帝に代わり国を治める人間を指す。

つまり〝皇帝〟だ。

歴史を辿れば、小さな邑に滞在した占師が一宿の礼にと、子供達を占ったところ、五歳にもならぬ末娘に天子吉文があらわれたという。だが、村の者達は誰も信じはしなかった。

その十年後のこと。邑が野盗に襲われ、女や子供が連れ去られるという出来事があった。邑長《むらおさ》の陳述で近くの関所に駐屯《ちゅうとん》していた警備兵が動き、攫われた者達は無事に邑へと帰った。野盗の棲《す》み家《か》から助け出された中にいたのがその末娘であり、警備兵を率いたのが皇帝の五番目の公子であった。

公子は末娘を見初め、自身の妻とした。そして、時が流れ、皇帝が没したことに端を発した帝位を巡る争いは、勝ち目は薄いとされた第五公子の勝利に終わった。

帝位に就いた公子は末娘を后妃と定め、その子を太子とした。末娘は自身の子が帝位を継ぐ前に亡くなったが、昔、邑に逗留した占師の言葉は真実であったと親しい者達に語っていたそうだ。

また逆に、後宮に招かれた高名な占師が、どの妃が天子を産むかを占わされたところ、誰一人として天子吉文があらわれる者はいなかったという。妃達は怒り、兵に占師を殺すようにと命じた。

その七年後、隣国の侵攻によって国は落ち、皇帝の血を継ぐ公子達は一人残らず処刑されてしまった。我が子を殺された妃達の胸には、自分らが命を奪った占師の顔が去来したという。

このように、天子吉文には様々な逸話《いつわ》が残されている。

「あの、それはいったいどういう……」

困惑する翠蓮に、春蘭はさてどう説明したものかと頭を悩ませた。

「簡単に言えば、ぬしはいずれ皇帝となる子を産むということだ」

これには、さすがの姉妹も唖然とした表情を浮かべている。いきなり天子を産むと言われても、納得できるほうがおかしいだろう。春蘭は言葉を選ぶようにして続けた。

「だが、天子吉文とあわせて妙な卦も出ている。これはぬしではなく、相手を意味する文様だな。その者の命が途絶えれば、ぬしは天子を産むことは叶《かな》わぬ」

「あの、ごめんなさい。話が飛びすぎて……結局、楊秀様とは幸せにはなれないのでしょうか？」

「ああ、そうだったな」

天子吉文という、あまりにも珍しい卦に春蘭も気づかぬうちに興奮していたようだ。春蘭はあらためて翠蓮を見た。

「ぬしが結ばれるべき相手は、楊秀ではない」

「そんな……」

「ど、どうして！」

落ち込む姉に代わり、玉翠が猛然と抗議した。確かに翠蓮は誰もが振り返るほどの美人だ。黄海楼の名立たる妓女達にも、けっして引けを取らない。

だが、翠蓮が花家の子女である以上、そう簡単にことは運ばないはずだ。宮中の勢力構造は知らないが、楊秀が花家を避けていることは事実である。もしも二人が恋仲になったとしても、楊秀にも背負うべき者達がいる以上、すんなりとまとまることはない気がする。

「好き嫌いだけで、物事を決めることができぬ場合もある」

玉翠は不服そうだったが、翠蓮は思うところがあるらしい。寂しげに目を伏せ、「そうですね」と呟いた。

「大丈夫よ、姉様。だって占いだもの。はずれることだってあるわよ」

これには、春蘭も苦笑いするしかなかった。占師を前にして言うべき台詞ではないが、玉翠にしてみれば、春蘭の占の腕がどれほどのものかなどわかりはしないだろう。だから、簡単に〝はずれる〟などと口にできるのだ。

「楊秀様に振り向いてもらえるように、頑張ればいいのよ！」

「そうかしら……」

「伯父様にお願いすれば、きっとまたお屋敷に招いてくださるわ」

玉翠が、言葉を尽くして姉を励《はげ》ましていた時だった。客室の戸の陰から、初老の男が姿を見せた。小柄であるが妙に威厳のある人物で、にこやかな表情にもかかわらず目だけが笑っていない。枯れ草色の袍は仕立てもよく、一目で位の高い者だということがわかる。

花家の当主にして、姉妹の伯父に当たる人物であった。興奏《こうそう》の姿に、玉翠と翠蓮は慌てて居住まいを正す。

「あの、伯父様、御用がおありでしたらお呼びくださればよろしいのに」

緊張した様子で玉翠が問い掛ける。興奏は春蘭へと視線を向けた。

「お前達の命の恩人が来ていると聞いてな。ぜひ挨拶《あいさつ》でもと思ったんだよ」

命の恩人というのは、攫猿騒動の際、姉妹を助けたことを指しているのだろう。興奏も怪我を負ったはずだが、と春蘭は右肩を一瞥した。それに気づいた興奏が、笑みを深める。

「傷はもう癒《い》えた」

「それはよかった」

妖《あやかし》から受けた傷は、治り難いという特徴がある。酷いものになると、患部《かんぶ》から腐りはじめることもあった。興奏は手当が早かったこともあり、傷の悪化は防げたようだ。

「ところで玉翠。髪が乱れておるぞ」

「えっ、嫌だっ」

玉翠は焦ったように髪に手をやる。

「部屋に戻って直しておいで」

「そうします」

恥ずかしそうに俯いた玉翠は、伯父の前ということもあり、楚々《そそ》とした雰囲気を壊さぬようにゆっくりと立ち上がった。

「翠蓮もついて行ってあげなさい。客人は戻るまでわしがお相手していよう」

「え、ですが……」

「翠蓮」

興奏の低い声に、翠蓮は不安げな視線を春蘭に送りながらも、玉翠につきそって客室を出て行った。二人の足音が消えたところで、興奏は春蘭の真向かいに腰を下ろした。

「これはなんという占具なのかね？」

水神盤へと視線を落とす興奏に、春蘭は咎めるような口調で告げた。

「当主たる者が立ち聞きとは、あまりよい趣味とは言えぬな」

「なぜ、そう思う？」

「これを見て、占具だと言い当てた者は一人しかいない。ぬしが博識であるとするよりも、立ち聞きしていたと考えたほうが辻褄《つじつま》があう」

そして、それ故に、わざわざ姉妹に席を外させたのだろう。そう指摘すると、興奏は楽しげな笑い声をあげた。

「部屋に入るきっかけが見つからなくてな。さすがにわしがいては、あの子らも気まずいだろう？」

それもそうか、と春蘭は頷いた。伯父様にお願いするとは言っていたが、己の伯父に意中の相手を知られるというのも、年頃の娘からすれば気恥ずかしいものがあるに違いない。

「君の占いはよく当たるのかね？」

「それを聞いてどうする」

「自分の姪《めい》が天子を産むと言われて、気にならない者はいないと思うが」

興奏の瞳が妖しげに光る。こうして言葉を交わすのははじめてだが、なかなかに油断のならない相手だな、と春蘭は目を細めた。

「ぬしは、翠蓮を楊秀に嫁がせたいのか？」

「質問に答えていないが……彼が娘婿になってくれたら心強いだろうが、どう足掻いてもむりだろう。韓将軍には、ここのところずっと避けられている。つまりは、そういうことだ」

「ふむ。では、わかっていて翠蓮を楊秀に会わせたのか？」

「万にひとつということもある。あの子は美しいだろう？」

春蘭にしてみれば、宮廷の勢力図に興味はない。なぜ、楊秀を味方に引き入れたいと思っているのかも知らないし、知りたいとも思わない。ただ、それに利用される姉妹のことが気掛かりであった。

「翠蓮のことだが、玉翠ではだめなのかね？」

「どういう意味だ？」

「天子を産むという話だ。翠蓮でなければならぬのかい？」

春蘭は言葉の意味を吟味するように、脳内で反芻《はんすう》した。どうして、そこに玉翠の名が出てくるのか。

「……ふむ。玉翠を皇帝か太子に嫁がせる予定だったか」

春蘭の出した結論に、興奏は目を瞠った。別段、驚くような話ではない。姉妹それぞれを、優秀な人材を懐に抱え込むための餌《えさ》と考えているならば、翠蓮だけでなく玉翠も楊秀と会わせるはずだ。どちらがより楊秀の気を引くかなど、興奏にわかりはしないのだから。

　だが、楊秀に引きあわされたのは姉だけだった。さらに、先ほどの〝玉翠ではだめなのか〟という台詞が重要な意味を持つ。興奏が后妃にと考えていたのは、翠蓮ではなく玉翠のほうだったのだ。

「天子を産むのは翠蓮だ」

　玉翠を占えば、また天子吉文があらわれるかもしれない。短期間で皇帝が交替するようなことになれば、それもあり得る。

「では、玉翠のことも占ってくれるかい？」

「断る」

　春蘭はきっぱりとした口調で、興奏の要求を撥ねつけた。

「玉翠はそれを望んではいない」

　例えば、興奏が自身のことを占ってほしいというのならば、断ることはなかっただろう。しかし、伯父の願いとはいえ、勝手に玉翠の将来を〝視る〟ことはできなかった。

「占師の規律に反することはできぬ」

「ならば、玉翠が望めば占ってくれるのかな？」

「むろん、その際には応じよう。ただし、ぬしがなにを考えているのかは知らぬが、どう画策しようと翠蓮は天子を産む。ただ、夫となる人物が、現皇帝か、それとも太子かまではわからぬ」

　唯一、夫となるべき人物の道が閉ざされれば、翠蓮が天子を産むことはないが、立ち聞きしていたのならばあえて言う必要もないだろう。そもそも翠蓮のための占である。多くをこの男に語る必要はない。

なにかを考え込むように押し黙った興奏の顔が、じょじょに厳しさを増す。姉妹の幸せを願う春蘭としては、翠蓮達を政略結婚の道具として利用する興奏に苛立《いらだ》ちを感じる。名家ではよくあることだとしてもやはりいい気はしない。しかし、春蘭はあえて口出ししようとは思わなかった。

なにも知らない自分がどうこう言ったところで、興奏が考えを変えるわけがない。それに、翠蓮と玉翠もまた、自分達が政治の道具にされるくらいの覚悟は持ちあわせているだろう。そうでなければ、卦を聞き終えた時の翠蓮の反応は違っていたはずだ。

やがて、髪型を直した玉翠が、翠蓮とともに戻ってきた。

「お待たせしてしまって、申しわけありませんでした」

玉翠は優雅な所作で、春蘭と興奏に向かい拱手《きょうしゅ》する。その後ろでは、翠蓮が心配そうな眼差しを春蘭に向けていた。

「では、わしはこれで失礼するよ。それと、翠蓮、玉翠。わしはしばらく屋敷を留守にする。家宰《かさい》にはよく言っておくが、以前のように無断で外出することはならんぞ」

興奏の厳しい声に、姉妹は神妙な顔つきで頷いた。その後、興奏を見送った玉翠は大げさな溜息をつく。

「はぁ……。緊張したぁ」

「玉翠は伯父殿が苦手なのか？」

「違うけど、なんかついつい緊張しちゃうのよね。伯父様は優しいけど、怒るととっても怖いの」

「それは、ぬしが怒らせるようなことをするからではないか？」

「そ、そんなことないわよ」

　椅子に腰を下ろした玉翠は、ぶつぶつと文句を言いながら円卓に頬杖《ほおづえ》をついた。それを翠蓮が「行儀が悪いわよ」と、やんわり窘める。

「ところで春蘭。伯父様になにか言われませんでしたか？」

「なに、世間話をしていただけだ」

　春蘭はできるだけ素っ気なく答えた。翠蓮はまだなにか言いたそうであったが、それを玉翠の声が遮る。

「春蘭は伯父様と話していて緊張しなかったの？」

「そもそも、緊張すること自体が稀《まれ》だ」

　通常は、自身よりも身分のある者を前にすれば、誰でも緊張を感じるだろう。だが、春蘭には身分の垣根がない。元々、守り神という人とは違う存在であったが故のことだ。たとえ華国《かこく》の皇帝が目の前に立っていたとしても、春蘭は身構えることなく自然体で接するだろう。

「春蘭って怖いもの知らずね」

「そうか？」

呆《あき》れたように言う玉翠に、春蘭は首を傾げた。その隣では、翠蓮も似たような表情を浮かべている。わざわざ説明するのも面倒なため、春蘭は姉妹からの評価を甘んじて受け取ったのだった。

第四章

右飛龍《うひりゅう》軍の詰所では、将軍位に就く男が、自身の机に積み上げられた報告書を難しげな顔で睨んでいた。

韓楊秀《かんようしゅう》の精悍な顔には苦渋が滲み、目の下にはくまも浮き出ている。ここ数日はろくに寝ていないのだ、それも当然のことである。日々の鍛錬のお陰で体調に支障を来《きた》すことはないが、心は確実に荒れていた。

「また、増えたな」

目を通しても通しても切りがないそれは、ほぼ同じ内容で占められている。

――拡がりつつある病へ、対策を講じているのか。

――流言に惑わされた者が物資を買い占め、市場に並ぶ商品が軒並《のきな》み価格をあげている。このままでは、餓死者《がししゃ》が出かねない。

――罹患《りかん》を怖れた貧民窟の住人達が街に逃げ込み、治安が悪化している。怖ろしくて外にも出られない、等々。

市民の声を調べるために派遣した配下からの報告書は、どれも似たようなものだった。しかし、切実さがひしひしと伝わってくる。今のところ暴動に発展する気配はないようだが、このまま不満が燻《くすぶ》り続ければどうなるかわからない。

「これでもまだ少ないほうですよ。種類は違いますが、紫宝宮《しほうきゅう》の各部署では、朝廷に寄せられる請願書専用の房が設けられたそうです。それですら、すでに満杯という情報もありますが」

楊秀が目を通したものを手早く片づけるのは、副官の陸万里《りくばんり》だった。年齢は楊秀と同じ二十七歳。神経質そうな容貌にも、疲労の色が濃く浮き出ている。万里もまた、楊秀と同じように徹夜の日々を過ごしていた。

「龍乎《りゅうこ》からも応援の要請が来ています。官吏を通しても無駄だと思っているのか、直接こちらに請願書が束になって届きましたよ。ここに持ってこられても、結果は変わらないんですがね」

「……怒鳴り込まれるよりましか」

「動かなければ、いずれそうなるでしょう。うちに言われても、困るんですけどね」

万里の無情な言葉に、楊秀は頭を抱えて溜息をついた。

原因は、貧民窟で流行っている病にある。日を追うごとにそれは拡大し、今では貧民窟の外でも病人が出たという報告もあった。

このままではいずれそれは華安《かあん》から華国全土へと拡がり、〝疫〟となるだろう。もはや人の手には負えぬ、災害である。

疫がひとたび発生すれば、人の手による終息は困難だ。それに伴い、物価の上昇や食料不足、さらには治安の悪化など、数えあげれば切りがない。それに今、なにより問題なのは、流行り病への対応策がまだなにも決まっていないことだ。

　通常ならば、疫の兆候《ちょうこう》があれば、即座に対策を講じるための会議が催される。だが、官吏達は誰もが消極的だ。自分の発言が採用され、責任者に抜擢《ばってき》されるのを怖れているのだろう。会議を開くだけで、具体的な案を挙げる者はいないそうだ。

「陛下の勅旨《ちょくし》がなければ動けぬのは、やはり辛いものがあるな」

　禁軍は皇帝の手であり、足である。だが、頭ではない。命令がなければ一歩も動くことのできない状況に、楊秀は苛立ちを覚えはじめていた。

「まあ、我らが動いたところで、街の治安維持くらいしか仕事はありませんよ」

「それでも、安心する者はいるだろう」

　禁軍が動かなければ、人々は皇帝が自分達を見捨てたと感じるだろう。少なくとも、義賊を名乗る猩猩緋《しょうじょうひ》がそれを見逃すとは思えない。無駄に人心を煽《あお》り、自分達の活動範囲を広げようと画策するはずだ。実際、すでに猩猩緋が動きはじめたという報告も寄せられている。

「陛下は動きませんよ。こんな時にもかかわらず、宴を催すくらいですから」

「……愚《おろ》かなことだ」

　事の発端は、黎貴妃《れいきひ》の一言だったという。皇帝の寵妃《ちょうひ》である黎貴妃は、華やかな宴を見てみたい、と哀願したらしい。寵妃からの願いに、皇帝はすぐに官吏に指示を出した。確かにそれは、疫の兆候が見える前だったかもしれない。しかし、貧民窟で病に倒れる者が続出しているという報告にも、皇帝は耳を貸さなかった。「対処しておくように」と、一言あっただけである。

当然、宴は中止すべきだという意見もでた。しかし、誰もそれを上奏する者はいない。みな皇帝の勘気を被ることを怖れているからだ。胸の奥から込み上げてくる不快感を堪《こら》え、楊秀は椅子から立ちあがった。

「……花中書令《かちゅうしょれい》に会ってくる」

「避けていたのでは？」

「緊急のことだ。派閥云々《うんぬん》を論じている場合ではないだろう」

現在、宮中は太子派と黎貴妃の子である公子派に二分されている。太子と皇帝の仲がよくないことから、主流は公子派だ。いずれなんらかの理由をつけて、太子は廃嫡されるのではないかともっぱらの噂である。

花中書令は、太子派の筆頭と目されている人物だった。

楊秀はこの後継者争いに、巻き込まれることを拒んでいた。韓家の当主としてこの先、ずっと中立の立場を貫き通すことは難しいとは思っているが、双方ともにできるだけかかわりあいになりたくないというのが本音である。しかし、今はそんなことで躊躇っている場合ではない。

「止めはしませんが、くれぐれも用心してくださいね。花中書令は劣勢を覆すために、精力的に動いているんですから」

「身をもって知っている」

興奏は、ことあるごとに楊秀に接触し太子派への勧誘を続けている。その粘り強さには感心すら覚えるほどだ。

「前に、姪にも引きあわされた。嫁にどうかとまで言われたぞ」

「とうとう身内まで利用しはじめましたか。花家の姉妹は美人だと評判ですよ。心を動かされなかったんですか？」

「美しいことは美しかったが、相手はまだ十五だ。私にとっては子供も同じだな。むろん、その際は丁重に断った」

「ほほう。楊秀様は熟女好きですか」

にやにやと、意地の悪い笑みを浮かべる万里に、「馬鹿なことを言うな」と言い捨て、楊秀は部屋を出たのだった。

詰所を出た楊秀は、まっすぐに紫宝宮を目指した。

時刻は夕暮れに差しかかろうとしているが、疫の発生が懸念される今、要職に就く官吏達は紫宝宮に詰めているはずだ。花中書令が来ていないということは、さすがにないだろう。太子派の強化に躍起になっているきらいはあるが、自身の役目を蔑《ないがし》ろにするような人物ではない。

紫宝宮は慌ただしく動き回る官吏達で溢れていた。みな疲れたような表情で、それでも足を止めることなく行き来している。

磨き上げられた回廊を行けば、複数の視線が楊秀に向けられた。なぜ禁軍の将軍がここに、と訝しげな表情を浮かべる者もいれば、険しい顔をする者もいる。後者はおそらく公子派の人間だろう。楊秀が向かう先になにがあるのかを悟り、勘繰《かんぐ》っているようだ。

「そのような時ではないだろう!」と、声を張りあげたい気持ちを抑え、楊秀はできるだけ早く目的地に辿り着けるよう、無心に足を動かした。

中書省が置かれているのは、紫宝宮の西側である。昼夜を問わず働く官吏達のために、回廊の柱に設置された燭台《しょくだい》の蠟燭《ろうそく》には、すでに灯りが点《とも》されていた。

目前まで来て、楊秀は足を止めた。さすがに、なんの先触れもなく興奏《こうそう》の房を訪ねることは憚られる。わずかの躊躇のあと、たまたま通り掛かった中書省の若い官吏を捕まえ、花中書令に右飛龍将軍がお会いしたいと伝えるように頼む。回廊の隅でしばらく待っていれば、先ほど声をかけた官吏が楊秀に駆け寄ってきた。

「中書令様がお会いになるそうです。こちらにどうぞ」

若い官吏に案内されたのは、興奏が来客用に使用している私室であった。以前、紫宝宮を歩いていた際、理由をつけて引っ張り込まれたことがある。あの手この手で繰り出される勧誘攻撃を、のらりくらりとかわしていたが、かなり神経をすり減らされたものだ。

質のよい調度品が置かれた室内は、回廊と同様に灯りが点されていた。円卓にはすでに興奏の姿がある。楊秀の姿を見ると、歓迎するように椅子から立ちあがった。

「わしを訪ねて来るとは、珍しいこともあるものだ。どういう風の吹き回しかね？」

「お忙しいところ、まことに申しわけありません。花中書令にはお願いがあって参りました」

「ふむ。太子派に与《くみ》するという申し出ならば、大歓迎なのだがな。その様子だと違うようだ」

人の悪い笑みを浮かべる興奏に、楊秀は苦笑した。しかし、ここで時間をかけることは得策ではない。花中書令が不在ならばまだしも、長々と居座っていては本気で誤解する者も出てくる恐れがあった。

ここまで気を遣わねばならぬのも面倒だ、と楊秀は内心で嘆息した。

「流行り病のことです。禁軍が動けるように、陛下に働きかけていただけませんか？」

「それはまた難しいことを。わしが陛下に嫌われていると知ったうえでの要求ならば、嫌みにもほどがあるぞ」

「中書省の長として、です」

興奏と皇帝は、昔から犬猿の仲である。皇帝沸儀《ふつぎ》が禁軍の将として活躍していた時期、興奏もまた中書省の若手として名声を轟《とどろ》かせていた。

しかし、二人はなにかと反りがあわぬようで、顔をあわせる度に見えない火花が散っていたと言われている。それは沸儀が帝位に就いてからも同様で、日に日に対立は深まっているそうだ。

だが、今回ばかりはどうしても了承してもらわねばならない。楊秀には、他に頼る心当たりはなかった。

「龍乎からの請願書が禁軍に届きました。治安の維持には限界があると。すでに混乱に乗じて盗みや諍《いさか》いが増えているところもあるようです。このままでは、華安の治安は乱れる一方です」

「だから、禁軍を動かせと？」

「全軍を投入する必要はありません。一軍でも充分です」

嫌な考えではあるが、大事なのは皇帝の命を受け禁軍が動いたという事実である。それに、一軍出るだけでも龍乎の負担は軽くなるだろう。

「ふうむ。だが、禁軍は最後の砦《とりで》。そう簡単に陛下が許可を出すとは思えぬな」

「では、会議で有意義な策が出たのですか？」

楊秀の皮肉を、興奏は苦笑気味に受け流した。そして、ちょうどよく室内にやってきた官吏から、淹《い》れたての茶を受け取る。

「さすがにこのままではまずいと、管侍中《かんじちゅう》が意見をまとめている。近日中には、会議での成果が陛下に報告されるだろう」

「内容はご存じですか？」

「あれが、わしに漏らすわけなかろう」

憤然とする興奏に、門下省《もんかしょう》長官は公子派の筆頭に名を連ねていたことを思い出した。ここにも派閥争いが影を落としているようだ。

「有事の時こそ、一致団結するものではないのですか？」

「むりを言うな。水と油を混ぜても、一つにはならんだろう」

「我々は同じ人間です」

なぜわかりあえないのだ、と楊秀は怒りすら覚えた。外には疫や猩猩緋という敵がいるにもかかわらず、内では団結する気配すら見えない。内部分裂など、奴らの思う壺である。中には楊秀と同じように憂《うれ》えている者もいるだろうが、派閥の対立を止めることはできない。内乱の種を抱えながら外敵とも相対しなければならない現状で、さらに足許では疫が蔓延《まんえん》しつつある。最悪どころではない。

「同じ人間だからだろうな」

「花中書令」

「そう凄《すご》むな。わしとて、この状況を憂えている。だが、陛下に禁軍への勅旨を願うことはできん。諦めてくれ」

「なぜですか！」

「優先すべきは華安の治安ではなく、宮中の護りだからだ」

興奏の眼差しは、楊秀が思わず居住まいを正したくなるほど厳しいものだった。

「混乱に乗じて、不届き者が陛下のお命を狙うかもしれない。わしが嘆願したところで、けっして禁軍を宮中からお出しにはならないだろうよ。それにな、よからぬことを企《たくら》んでいるのではと勘繰られても困る」

皇帝が、太子よりも生まれたばかりの公子に肩入れしているのは、宮中で働く者ならば誰もが知っている事実だ。故に太子派は不利な状況に置かれている。だが、その皇帝が万が一、身罷《みまか》ったとしたら形勢は一気に太子派へと傾く。太子の人徳もさることながら、対抗相手の公子が一歳にも満たないからだ。

公子が帝位に就いた場合、間違いなく実母の黎貴妃が実権を握ることとなる。外戚がいないとはいえ、官吏達はそれを面白くないと感じるはずだ。

「では、せめて宴の中止を」

「すまぬ」

きっぱりとした拒絶に、楊秀は奥歯を噛《か》み締めた。だが、同時に脳裏に閃《ひらめ》くものもある。興奏が駄目ならば、もっと皇帝に近い場所にいる者に頼み込めばいいのだ。幸い、楊秀は派閥に属さず中立を守っている。傍《はた》から見れば、職務に忠実な僕《しもべ》と映るだろう。

「いいえ。こちらこそ、むりを言って申しわけありませんでした」

礼を告げ、楊秀は足早に室を出た。向かう先は、管招達《しょうたつ》の居室である。

門下省は、主に、中書省が起草した詔勅《しょうちょく》や、臣下からの上奏文の審議を行っている。中書省、尚書省《しょうしょしょう》と並び、その権限はとても強い。

　また、職掌柄、門下省と中書省の官吏達は非常に仲が悪いことで有名であった。中書省が提出した詔勅を門下省が難癖をつけて却下すれば、その審議に異を唱え、短期間で決着がつかないことも少なくない。

　もっともあまりごたごたがすぎると、皇帝の不興を買ってしまうため、双方とも最終的には嫌々ながら手を携えることになるのだが。面倒事を極力避けるために、配置される場所も紫宝宮の東と西に分けられ、回廊ですれ違うことのないようにと配慮すらされている。

　たまに双方の官吏が乱闘を繰り広げ、仲裁のために警備の禁軍兵が駆り出されることもあるほどだ。楊秀自身、幾度かその現場に居合わせたこともあった。いい歳をした大人達の取っ組みあいは、見ていて情《なさ》けないものがある。

　中書省で花興奏に会い、その直後に門下省の管招達に面会を求めたという噂は、おそらく瞬《またた》く間に宮中に広まることだろう。それを思うと頭が痛いが、それ以上に大切な問題なのだと自身に言い聞かせる。

　先ほどと同じように、回廊を通り掛かった官吏を捕まえて招達に面会を求めれば、さほど待たされることなく客室に通された。花中書令専用の客室は、見るからに高級な装飾品が室内を彩っていたが、管侍中専用の客室は驚くほど簡素だ。

　間取りは変わらないが、中央に円卓と二脚の椅子が置かれただけで、室内を飾る掛け軸や衝立、花瓶の類は一切見られなかった。華やかさを好む興奏と、質素を重んじる招達はまさに対照的な存在といえるだろう。

「――私を訪ねていらっしゃるとは、いったいどのような用件でしょうかな？」

神経質そうな声音に、楊秀は気を引き締めた。興奏と相対した際のある種の気安さは、こちらには微塵も存在しない。

椅子から立ちあがったのは、枯れ木のように痩せ細った初老の男である。上質な袍と門下省長官を示す冠が彼の地位の高さを表しているが、それ以外は特筆することのない凡庸な人物だ。唯一、炯々《けいけい》とした眼だけが、ただ者ではない雰囲気を漂わせている。正直、長く顔をあわせていたい相手ではない。

「ご多忙の中、申しわけありません。実はお願いがあって参りました」

「私に？　それは珍しい」

楊秀に向けられた管招達の瞳が、訝しげに細められる。勢力拡大に貪欲《どんよく》な興奏と違い、招達は自分から公子派に新しい人員を勧誘するということをしない。当然、楊秀と言葉を交わすのもこれがはじめてのことだった。それ故に、なぜ楊秀が自分を頼ってきたのか、理由が思いつかずに訝しんでいるのだろう。

「この度の流行り病の発生について、禁軍へ勅旨を出していただけるよう、陛下にお口添え願いたいのです」

「禁軍は宮中の護りの要《かなめ》。まず動かすことは難しいでしょうな」

「一軍でかまいません。攫猿《かくえん》の騒動の際も、陛下は禁軍を動かされたではありませんか」

「あれは短期的な問題だったからです。長期的な問題に発展する場合、一軍といえど、本来の職務から離れるのは好ましいとは言えませんぞ」

　すんなり了承されるとは思っていなかったが、招達の反論は正鵠《せいこく》を射ているため、つけ入る隙が見当たらない。だが、ここで諦めるわけにはいかなかった。

「流行り病への対応がまとまっていない今、せめて治安の悪化を防ぐべきです。むろん宮中の警護は重要ですが、万が一、暴徒と化した民衆が押し寄せてきた場合、陛下をお守りすることはできても多くの官吏達に犠牲がでましょう」

　民の不満を猩猩緋は見すごさない。ここぞとばかりに人心を煽り、暴動を起こさせようとする可能性は高かった。そうなってしまえば、騒ぎを収めるために禁軍に勅命《ちょくめい》が下り、本来、守るべき市民に刃《やいば》を向けることになる。

　楊秀の言葉を吟味するように聞いていた招達は、やがて神妙な顔つきで頷いた。

「確かに、一理はあります」

「ならば！」

「ですが、私から陛下に申しあげることはできません」

　招達の言葉に、楊秀は奥歯を噛み締めた。今度はいかなる理由かと、挑むような眼差しを向ける。

「この度の流行り病について、未だ対策がまとまっていないのはご存じでしょう。にもかかわらず、とりあえず禁軍を動かしてはいただけませんでしょうかとは、口が裂けても進言できません」

　自分にも立場というものがあるのだ、と招達は暗に匂わせた。

「そうですね……他の将軍方との、請願書を提出するという手もありますよ」

　招達の提案は、楊秀も一度は考えたものだ。しかし、将軍の中には、街の治安は龍乎に任せておけばいい、なぜ自分達がそんなちっぽけな仕事に駆り出されなければならないのか、と考える者が多い。楊秀の意見に賛同してくれる者のほうが少ないだろう。説得するにも時間と手間がかかりすぎ、ならばと興奏達を頼ったのだ。

「……今の段階では、むりです」

　華安の治安が目に見えて悪化したら――もっと言ってしまえば、自分の屋敷がある界隈《かいわい》にも被害が及びはじめたのなら、彼らもしかたなく楊秀の提案に応じるだろう。しかし、それでは手遅れなのだ。

「ああ、もう一つ別の方法がありますよ」

「教えていただけますか？」

「黎貴妃様にお願いするのです。皇帝陛下も、寵妃の進言ならば耳を貸すかもしれません。攫猿の騒動の際も、あの方のお口添えから陛下は禁軍を動かす決意をなさったようですから」

　黎貴妃、と楊秀は苦々しげに呟いた。

　傾国の美女と謳《うた》われる美貌《びぼう》で、後宮に入るなり皇帝の寵愛《ちょうあい》を独占した。昨年の終わりには男児を出産し、その地位を確固たるものにしている。太子派、公子派で醜《みにく》い闘争が行われているのも、黎貴妃が自らの子を太子にと望んだからだと言われている。

「……貴妃様には、すぐにお会いできますか？」

「もちろん。そうかからずに面会は叶いましょう。私の伝手《つて》で、後宮のほうに話を通しておきましょう」

「よろしいのですか？」

「それくらいしか、私にできることはありませんので」

うっすらと笑んだ招達の眼は、これは貸しだと語っていた。厄介な相手ではあるが、楊秀個人では後宮に繋ぎをつけることは難しい。むろん知人らを頼れば可能だが、それにはあまりにも時間がかかりすぎる。

「よろしくお願いいたします」

「では、子細が決まり次第、詰所のほうに連絡をさしあげましょう」

大きな借りにならなければいいが、と楊秀は懸念を覚えながらも深く拱手するのだった。

黎貴妃への面会が叶ったのは、翌日の午後のことである。

右飛龍軍の詰所において、楊秀が相変わらず持ち込まれてくる報告書を捌《さば》いていると、不機嫌極まりない様子の万里が一通の書状を手にやってきた。また報告書かと思えば、そうではないらしい。

「まったく、あなたはどこでなにをなさってきたんですか」

「……意味がわからんぞ」

「どこをどうすれば、後宮の貴妃から文が届くのか。ぜひ教えていただきたいものですね」

あれほど気をつけるようにと言ったじゃないですか、と万里の小言が続く。手渡された書状を開いて見れば、微かに沈香《じんこう》の匂いが漂った。上質の紙に、流麗な文字で丁寧な言葉が綴《つづ》られてある。急ぎだと告げていたおかげで、予想よりも早く面会は叶うようだ。

「出掛けて来る」

「お気をつけて。面倒事に巻き込まれたりしないでくださいよ」

服装を改めるべきなのだろうが、今は時間が惜しい。それに、自分は文官ではない。武官として面会するのだから問題はないだろう、と楊秀は胸当てや籠手《こて》といった、簡素な武具を身につけたままの格好で向かうことにした。

後宮が位置するのは、紫宝宮の北である。男子禁制となっている後宮だが、身分のある妃であれば、臣下からの贈り物を受け取ったり、商人らと商談を行ったりという名目で謁見《えっけん》が許可されている。

しかし、直接顔をあわせることは許されていないため、御簾越しの対面で、場所も三方を塀で囲まれた庭先のような場所であることが多い。

楊秀が案内されたのもそのような所で、案内役の宦官《かんがん》より、玉砂利が敷かれた地面に跪《ひざまず》いて待つようにと指示がなされた。これから面会するのは、側室といえども貴妃の位を持つ相手である。貴妃、華妃《かひ》、麗妃《れいひ》、恵妃《けいひ》の四夫人は、正一品《しょういっぽん》に当たり、禁軍の将といえど位は楊秀のほうが遥かに下だ。

そのような相手に嘆願するのだから、緊張しないほうがおかしい。じっとりと汗が滲む掌《てのひら》を握り締め、楊秀はただひたすら待ち続けた。

しばらくして、御簾の中に人の気配を感じた。その手前に位置する石段に、屈強な宦官が二人配置される。御簾の脇には貴妃の言葉を預かる宦官が膝《ひざ》をつき、その奥にもお付きの侍女達が控えていることだろう。大げさではあるが、これが商人相手であれば禁軍の兵士も加わり警備はより厳重なものとなる。

「――ご用件を」

御簾越しに聞こえた耳に心地よい声に、楊秀は思わず目を瞠った。側仕《そばづか》えの宦官が、黎貴妃の代理として喋るものだとばかり思っていたため、わずかに反応が遅れる。

「この度は、お目通りできたことを心からお礼申しあげます。禁軍右飛龍将軍、韓楊秀。不躾ながらお願いがあって参りました」

「私にできることであれば」

どうやら、悪感情は持たれていない様子だ。中立を唱えてはいるが、それを快く思わぬ者もいる。黎貴妃の心中は知らぬが、まずはわだかまりなく言葉を交わせることに楊秀は安堵の息を吐いた。

「黎貴妃様は、華安の都に流行りつつある病についてご存じであられますか？」

「……噂は後宮にも届いております。亡くなられた方もいるそうですね」

知らないと言われることを覚悟していたので、楊秀は説明の手間が省けたことを単純に喜んだ。

「現在、病が原因とみられる治安の悪化が報告されています。直《じき》に龍乎だけでは手に負えなくなるでしょう。しかし、未だ流行り病に対する策が取られる気配はありません。せめて治安を安定させるため、どうか陛下に禁軍を動かすよう、進言してはいただけないでしょうか」

　これで断られたら八方塞がりだ。あとは、楊秀個人がこっそりと治安回復に協力する程度のことしかできない。

「……今後、流行り病がより拡がりを見せるとおっしゃるのですね？」

「はい」

　実際に、貧民窟に端を発した病は、日に日に拡大し続けている。貧民窟から避難した者達の中にもすでに病に罹っている者がおり、逃げた先で発病するという報告もあった。そう遠からず、華安は元よりその外でも病人が相次ぐだろう。

〝疫〟という不吉な文字が脳裏を過った。

「わかりました」

戻ってきた返答に、楊秀は思わず言葉を失った。興奏達のように断られる可能性が高いと思っていただけに、こうまであっさり了承されるとは、まさに予想外である。

「陛下に聞いていただけるかはわかりませんが、言葉を尽くしてみましょう」

「――心より、お礼を申しあげます」

楊秀は深々と頭《こうべ》を垂《た》れた。

寵妃である黎貴妃の言葉ならば、皇帝の心を動かせるかもしれない。むろん、徒労に終わることも覚悟している。皇帝が宮中の護りを優先させると言えばそれまでだ。

――だが、これで希望に道を繋ぐことができた。

楊秀の中で、黎貴妃に対する悪感情が少し薄れた。もちろん、がらりと変わったわけではない。未だに中立の立場を貫く楊秀に、我が子を太子とするため少しでもよい印象を残しておきたいという打算がある可能性も高い。

昨日の招達の態度を見れば、彼から黎貴妃へなんらかの助言があってもおかしくはない。しかし、黎貴妃の声音には人を見下すような色合いは含まれていなかった。

万里に釘《くぎ》を刺されるまでもなく、取り込まれるつもりはない。ただ招達の時同様、これはまた借りが一つできたことになるのだろうな、と楊秀は気づかれぬように苦笑した。そして、ついでだとばかりに宴の件についても口にする。ここまで来たのだ、もうどうにでもなれという胸中であった。

「時に。宮中で行われる宴について、取り止めることは可能でしょうか」

「それは難しいでしょうね。陛下は一度、命じたことを取り消すような方ではありませんから」

それは明確な拒絶だった。己を曲げるということを知らぬ皇帝のことは、楊秀もよく心得ている。わずかな落胆ののち、謁見の終わりを告げる宦官の声が響いた。楊秀は黎貴妃と女官が退出するまで、その場に留まらなければならない。

御簾越しに、ざわりざわりと人が動く気配。傾国の美女とも謳われる黎貴妃の美貌とはいかほどのものか、楊秀の心にわずかな興味が湧いた。

――皇帝の寵を一身に受けるのだ、目も覚めるほどの美しさなのだろう。

楊秀は地面に跪いたまま、視線を御簾へと向けた。ここからでは、わずかに動く影を認識するしかできない。

しかし、楊秀の望みを聞き届けたかのように、一陣の風が庭先を走り抜けた。御簾が大きく揺れ、一瞬だけではあったが、楊秀の目に今まで隠されていた奥が映る。

ほっそりとした体躯に深紅の襦裙《じゅくん》を纏い、結い上げられた艶やかな黒髪には、複数の細い金色の簪が挿されていた。ちょうど椅子から立ち上がったところなのか、側仕えの侍女に手を支えられている。ひたりと自分に向けられていた視線は、わずかではあったが確かに一点で交わったように思う。

気づいた時には、御簾は元に戻っていた。

警備の宦官らが、貴妃達がとうに退出したというのに微動だにしない楊秀を不審に思い、遠慮がちに声をかけてくる。それに、どう返答したのかは覚えていない。気づけば右飛龍軍の詰所で、報告書に目を通していた。はっとして周囲を見回せば、副官の万里が気味の悪いものでも見るような眼差しを向けている。

「……楊秀様。詰所に戻る際、なにか悪いものでも食べたのですか？」

「なぜだ？」

「先ほどから声をかけていたのですが……。報告書が上下逆さになっていますよ」

指摘を受けてみれば、確かに手にしていた書類は逆さまになっていた。

「心をどこかに忘れてきてしまったのかと思いましたよ」

「そうか……」

忘れてきたというよりは、置いてきてしまったというほうが正しいのかもしれない。

美しい人だった。それ以外の言葉が思いつかぬほどに。

憂いを帯びた瞳が、一瞬だけわずかに見開かれたのを覚えている。紅をさした唇は花びらのようであり、驚くほど滑らかな肌は、降り積もった新雪のように白く輝いていた。

「楊秀様？　本当に、変なものを食べませんでしたか？」

訝しげな万里の声。だが、耳に残るのは、甘い響きを含んだ声音。思い出すだけで、胸に切ない痛みが走る。

「医師を呼びましょうか？」

「いらん。薬では治りそうにない」

「……頭でも打ちました？」

本格的に心配しはじめた万里を他所《よそ》に、楊秀は深い溜息をついた。胸に芽生えたこの想いがなんであれ、報われないことだけは確かだった。


西離宮の一室で、寝衣に着替えながら、黎貴妃は昼間のことをぼんやりと反芻していた。

招達から至急の書状を受け取ったのは、今朝のことだ。何事かと開けば、禁軍の将が自分に面会を求めているとのことで、当人の詳しい情報がしたためられていた。

なによりも黎貴妃が注目したのは、韓将軍が中立の立場にいることである。花中書令と親しい間柄《あいだがら》にあるが、太子派に与するわけではないらしい。書状には、公子派に引き入れたとしても裏切る可能性があるため、必要以上にかかわらぬこと、しかし、恩を売っておくのもよいだろうと、丁寧な文字で書き連ねてあった。

招達は、皇帝沸儀の忠実な僕である。沸儀が公子を支持しているがために、黎貴妃の味方のような立場にある。だが、そこに信頼関係は一切ない。この書状も頭から鵜呑《うの》みにすることは危険であり、黎貴妃は自身の目で韓楊秀という人物を判断することにした。

御簾で仕切られた謁見の場には、一軍を預かるにしてはいささか若い男性が待っていた。よほど実力に恵まれているのか、他に適当な者がいなかったのか——武官を多く輩出した名家の出であるということも理由の一つだろう。

御簾越しに相対した将軍からは、心から華安の行く末を憂えていることが伝わってきた。

真《ま》っ直《す》ぐな心根に触れ、彼がなぜ中立の立場を取り続けているのかわかる気がした。

あくまでも彼は武官なのだ。

沸儀を守ることを第一とし、次に華安の安寧《あんねい》を願っている。いずれ太子派と公子派のどちらかに与しなければならなくなるまで、彼は中立の立場を貫くだろう。こういう芯の通った人物は、一度味方となればけっして裏切ることはない。招達には忠告を受けていたが、叶うならば公子派に引き入れて――自分の味方となってほしかった。

だが、実直な彼の性格を考えれば、それも難しい。ならば、招達の言うように貸しをつくっておいたほうがいいだろう。通常ならば断る皇帝への嘆願も、黎貴妃は迷うことなく頷いた。

しかし、了承したあとで思い悩む自分もいる。流行り病が拡がり〝疫〟となれば、当然、世は乱れるだろう。自身を見捨てた世間に〝復讐《ふくしゅう》〟するまたとない機会ではないか、と甘く囁く声がある。

――そう、復讐だ。

黎貴妃は貧しい邑《むら》の出で、生活を苦に兄とともに猩猩緋に身を投じた。それからは世のため人のため、自分達のような子供がいなくなるようにと、必死で生きてきた。攫猿に攫われた時も、まだ希望を捨ててはいなかった。仲間達が、兄が助けてくれる、と――。

しかし、助けは一向にあらわれず、黎貴妃は攫猿の子を身籠もったが故に、近隣の邑の傍らで解放された。そうやって、攫猿は己の子を人間に育てさせるのだという。助かったと思ったのも束の間。黎貴妃はその美貌が役人の目に止まり、皇帝へと差しだされた。妊娠に気づかれる前に、皇帝の手がついたのは運がよかったとしか言いようがない。もし皇帝の子でないことが知られればと思うと、生きた心地がしなかった。

子を産み、それが公子として認められた時。黎貴妃の胸に芽生えたのは、復讐心だった。

すべてが憎かった。憎くてしかたなかった。

だから復讐の一環として、皇帝の血を引かぬ我が子を太子にと望んだ。脈々と受け継がれてきた血を誰にも知れぬように絶つことに、仄暗い喜びを感じた。その半面、疫に苦しむ民衆を哀れに思う心も存在した。自分にまだそんな感情が残っていたのかと驚いたが、胸が痛んだのも事実だった。

憎しみは永遠に続くものではないのだろうか。むろん、自身を攫った攫猿や、それを見捨てた仲間達、愛してもいない男に抱かれることに対する怒りはある。自分が、もう後戻りできぬところまで来たという実感も。

それでもやはり、病によって悪化し続ける華安を憂う韓将軍の気持ちは、痛いほど理解できたのだ。恩を売る云々以前に、彼の力となりたいと考えている自分がいた。なぜそう思うのかはわからない。だが、御簾が風に揺れた時、なんの隔たりもなく交わった視線に心が震《ふる》えたのは確かだった。

「……でも、陛下にどうお願いすれば聞き届けてもらえるかしら」

呟いた言葉は、女官を下がらせたため誰に届くこともなく消える。攫猿の騒動の際は、泣きついただけで禁軍を動かすことに成功した。

女官や宦官らは、さすが寵妃だと黎貴妃を持て囃《はや》したが、自身の進言がなくとも沸儀は元々そういうつもりだったのではないかと感じていた。たまたま自分の嘆願の直後に命令が下されただけだと考えれば、今回は方法を変えねばならない。

疫に対する脅《おび》えだけでなく、後宮にも拡がるのではないかという危惧。そして、塞ぎ込む素振りを見せれば、沸儀の心は少しくらいこちらに傾くかもしれない。内々に招達にも書状を送り、華安の治安について仄めかしてもらうのもよい手だ。なにも禁軍全体を動かすわけではない。攫猿の騒動と同じ、勅旨が出されるのはごく一部だろう。

ただ、宴については、中止は不可能だ。そもそもあれは、自分が皇帝に願ったことではない。黎貴妃の取り巻きでもある妃達が、黎貴妃様が喜ぶからと宦官らを巻き込んで皇帝に願い出たのだ。その時はまだ流行り病の兆候は見られなかった。

やがて、西離宮に主上《しゅじょう》の渡りを告げる女官の声が響く。人払いを命じておいた室内に、慌ただしく姿を現した侍女達が、当然のように黎貴妃の寝衣を手早く整えた。

「とてもおきれいですわ」

機嫌を取ろうと、わざとらしい声をあげる侍女。それに追従するように、他の女達も口々に黎貴妃の美しさを褒《ほ》め称える。それがいつもの光景だ。誰もが権力の恩恵に与《あずか》ろうと、黎貴妃に近づいてくる。そうする以外に術がないことも知っているが、だからといって気分のよいものではない。

黎貴妃は気持ちを落ち着かせるために、室内に漂う沈香の匂いを意識した。回廊をゆっくりとこちらへ向かってくる足音が響く。誰かが、それを聞く度に胸が弾むのだと言っていた。自分にとっては胸が躍るどころか、単なる苦痛でしかない。しょせん、自分も侍女達と同じだ。主の機嫌を取るために、偽《いつわ》りの笑みを浮かべ、心にもない言葉を紡がねばならない。

房室に姿をあらわした沸儀に、黎貴妃は恥じらうように頬を染めて見せた。心中では、嘲《あざけ》るような冷笑を浮かべながら――。

第五章

黄海楼《おうかいろう》へと向かうべく支度をしていると、珍しく仲望《ちゅうぼう》が顔を見せた。髪を櫛《くし》で梳《と》かしている春蘭《しゅんらん》の横に座ると、大きな欠伸《あくび》を零《こぼ》す。

「もう昼だぞ」

「眠たい時は、いつでも眠たいものなんだよ。春蘭は今日も妓楼へ行くのだろう？」

「うむ」

「……貧民窟で病が流行っているそうだ」

「知っている。楼主から気をつけるようにと下知があった」

「楊秀《ようしゅう》から文が来た。なるべく外出は控えるようにとのことだ」

「もしや、流行り病が拡がりつつあるのか？」

蟬英《せんえい》は禁軍の将である楊秀ならば、なにか知っているのではないかと言っていた。その楊秀からの文である。流行り病は確実に貧民窟の外へと漏れ出ているとみて間違いはなさそうだ。

「そのようだね。だから、春蘭も妓楼での仕事は休んだほうがいい」

「私の心配はいらぬ。この体は長い間、神気によって保たれていた。病を祓《はら》うだけの効力は残っている」

「心配なのは流行り病だけじゃない。懸念されているのはむしろ、治安の悪化だ。楊秀からの文にも禁軍を動かせないか、上にかけあっていると書かれてあった。黄海楼への行き帰りに、俥を狙われる怖れもある」

ひとたび疫となれば、世は荒れる。啓璋《けいしょう》達が今のうちに日持ちのする食料を買い込むべきかと、頭を悩ませていたのも、それを見越してのことだろう。そして、怨嗟《えんさ》の声は朝廷へと向けられる。

「おそらく、妓楼にも人は寄りつかなくなる。楼主もわかってくれるはずだ」

「そうではないのだ。近々、宮中で宴が催されるだろう？　そこに、黄海楼の妓女達も参加するようにと、使者が訪れたそうだ。私は占師として、その余興に出ることになっている」

「宴？……そういえば、そのような文が届いていたような」

「ぬしは楊秀の爪の垢《あか》を煎《せん》じて飲むべきだな」

「勘弁してくれ。しかし、流行り病が拡がりつつあるのに、宴か」

珍しく、仲望は渋い顔つきとなった。世が乱れはじめているにもかかわらず、宮中で宴が催されることに対し、さすがに不満を抱いたのだろう。本来ならば取り止めになるはずが、宮中からは一向にその使者が訪れる気配はない。おそらくは、このまま強行されるだろうというのが、蟬英の見立てだ。すでに参加が決まった妓女達は、客も取らずに演目の練習に励んでいる。

「行き帰りが不安であるのなら、しばらくは黄海楼に泊まり込むことにしよう。そのあとのことは、宴が無事に終わってから考えればよい」

「そのほうが安心だろうけど、でも、春蘭はいいのか？」

「なにがだ？」

「真名《まな》を取り戻すという目的から、逸脱してないかと思って」

その指摘に、春蘭は瞠目《どうもく》した。むろん、忘れていたわけではない。黄海楼で働いているのは、食い扶持を稼ぐためだ。しかし、仲望に指摘されたように、黄海楼に泊まり込むようになれば、必然的に鄭《てい》家から離れることとなる。春蘭が己を占った際に、鄭家に留まるのが吉という卦が出た。それ故に、むりを言ってここに逗留させてもらっているのだ。

もしも、自分が不在のうちに、鄭玄楽《げんらく》へと続く手掛かりが失われてしまったら――？

「忘れるわけがないだろう！」

春蘭は思わず声を荒らげた。とっさに立ちあがり、仲望を睨みつける。

「私は真名を取り戻すために、ここにいる」

しかし、と唇を噛み締めた。黄海楼へ肩入れしすぎているという事実を突きつけられ、春蘭は動揺した。ならば、宴への参加を取り止めればいい。そうすれば、むりをして黄海楼へと通う必要もなくなる。

しかし、蟬英は占という一風変わった前座を置くことで、黄海楼を印象づけることを狙っていた。新規の客が増えれば、妓女達の借金も減る。どのような境遇に置かれようとも、妓女達は顔をあげ前を向いていた。せめて彼女たちの助けになれれば、と思ったのも事実。でも、彼女達は春蘭が守護する邑《むら》の住人ではない。その未来を憂う義理もなかった。

願われたわけでもないのに、助けたいと思ってしまう。神であった時には、感じたことのない想いに春蘭は戸惑う。

「私は神だ。守り神なのだ」

仲望の問いかけるような視線に苛立ちを覚え、春蘭は手早く髪を結った。そろそろ黄海楼からの迎えがついているはずだ。

「しばらくは黄海楼に泊まらせてもらう」

返事を待たずに、春蘭は房を出た。そのまま小走りに門前へと向かえば、見慣れた俥が停まっていた。御者《ぎょしゃ》に声をかけ、俥に乗り込む。

春蘭は膝を抱えて丸まった。忘れていたわけではないのだ。早く真名を取り返し、守護していた邑へと戻る。長きにわたって自分を祀《まつ》り、信奉し続けてきてくれた邑人達のためにも。華安《かあん》を訪れた当初は、真名を取り戻す以外は些事《さじ》だとさえ思っていたほどだ。

「宴だ。宴が終わるまで……」

蟬英に頼んで、流行り病が収まるまでは秋菊《しゅうぎく》は休みにしてもらおう。もっと鄭玄楽についての情報を集め、居所を突き止めるのだ。そして、真名を取り戻し、邑へと帰る。これ以上の柵《しがらみ》ができてしまう前に——。

黄海楼の裏門から見習い部屋へと向かえば、途中で顔見知りの門番が春蘭を出迎えてくれた。

「お、今日はまだめかしこんでないんだな」

「着替えはこれからだ。ぬしこそ、今日は誰も引き摺っておらぬのだな」

蘇啓《そけい》は苦笑して、春蘭の頭をぽんぽんと叩く。

「うちじゃあ、ああいうことは滅多にねぇよ。たいていは、話せばわかってくれるお客様ばっかりだ」

「ぬしが言うと、なにやら物騒に聞こえるな」

凶悪な笑みに春蘭は嘆息した。俥に揺られている間もずっと落ち込んでいた気持ちが、ようやく浮上してくる。

「おっとそうだ。ここにいる間は妓楼から出るんじゃねぇぞ」

「なぜだ？」

「こないだ楼主様が言ってただろ。貧民窟で悪い病が流行ってるって。そっから逃げ出してきた奴らが、最近この辺りでたむろしてんだよ。この辺りは龍乎《りゅうこ》の手も届きにくいからな」

春蘭を脅すために、蘇啓はわざと大げさな身振り手振りを交えているようだった。確かに、その物騒な話を聞いて、わざわざ外へ出る酔狂者もいないだろう。

「わかった。妓楼から出なければいいのだな？」

「おう。それに、流行り病まで一緒にこっちにきちまったみたいだしな」

「もう病人が出たのか」

春蘭は蘇啓の言葉に眉を寄せた。いずれ花街《はなまち》でも流行るだろうと予測はしていたが、あまりにも早すぎる。

「貧民窟に近い妓楼でな。病に罹ったのは下働きの奴だったらしいが、その日のうちに妓楼から追い出されたそうだ」

「……ぬしも気をつけるのだぞ」

「俺は生まれてからこのかた、一度も病気に罹ったことがねぇからな。心配はいらねぇよ」

力強い笑い声を回廊に響かせながら、蘇啓は去って行った。わざわざ春蘭を引き止めて忠告してくれるあたり、意外とお節介焼きなのかもしれない。向かった先の見習い部屋には、ひとり琴の練習に励む祥琳《しょうりん》の姿があった。

「なんだ、ぬし一人か」

「うん。みんな出払ってるの」

祥琳はやることがないので、琴の練習をしていたそうだ。だが、なぜか心ここにあらずといった様子で、演奏の手を止めては溜息を挟んでいる。

「なにか、悩みごとか？」

「えっ、どうして？」

「深刻そうに溜息をつかれては、気づかぬほうが難しい」

「そ、そっか」

恥ずかしげに頬を染めた祥琳は、琴に手を置きながら口を開いた。

「……あのね、花街にも病に罹った人が出たんだって」

「ああ。私も先ほど蘇啓に聞いたぞ」

「だから、ちょっと不安になって」

「それだけか？」

春蘭に問われ、祥琳は言葉に詰まった様子だった。畳みかけるように続ける。

「大広間で、楼主の話を聞いた時から様子がおかしかった。他にも気になっていることがあるのではないか？」

祥琳の瞳が戸惑うように揺れる。固く引き結ばれた唇が、ほんのわずかに揺れた。

「話したくないのならば聞かぬが」

「そこまで言ったら、普通は話してみろって言うよ」

祥琳は言いながら口元を綻《ほころ》ばせた。だが、瞳に宿る色は未だに憂いを帯びていて、またすぐに気遣わしげに眉が寄せられた。

「心配したって、どうしようもないことなんだけどね。……実は、貧民窟に知っている人がいるかもしれないの」

ああ、それでか、と春蘭は納得した。祥琳は、貧民窟にいる知人のことが気がかりだったようだ。

「もしかしたら、働く場所を見つけて貧民窟にはいないかもしれない、きっとそうに違いないって自分に言い聞かせてるんだけど……。ほら、私って心配性だから。それにね、さっき言ったことも本当だよ。私も病に罹っちゃうんじゃないかって。死にたくないなぁって、つい考えちゃうんだ」

「祥琳……」

春蘭は祥琳の背後に回ると、その背にくっついた。抱き締めるように手を回し、顔を押しつける。自分の体を覆っている神気が、少しでも祥琳に移ればいいのにと思いながら。

「春蘭？」

流行り病はやがて疫となり、華安を覆い尽くすだろう。あの時、水神盤《すいしんばん》にあらわれた文様は、あまりにも禍々《まがまが》しいものだった。人がどれほど足掻こうとも、あれを阻止《そし》することはできない。止められるとすれば、それは――。

「ありがとう、春蘭」

「……礼を言われるようなことなどしていないぞ」

「私の話を聞いてくれたでしょ。悩みは解決しなくても、誰かに話すことで気持ちが晴れることもあるんだよ」

くすくす、と祥琳は鈴を転がしたような笑い声をあげる。

「春蘭も悩みごとがあったら言ってね。話を聞くだけはできるから」

「その時は頼もう」

「うん。あ、そろそろ準備したほうがいいよね」

着つけはまだしも、化粧や髪結いに慣れていない春蘭は、いつも祥琳に手伝ってもらい装いを整えていた。

「そういえば、祥琳は宴には参加しないのか？」

「見習いだもの。本当はちょっと見てみたいけど……。でも、春蘭みたいに度胸はないから、姐さん達の練習を見ているだけで充分かな」

着つけを終え、手慣れた様子で春蘭の髪を結いあげながら祥琳は告げた。最後に菊を模った簪を挿せば完成である。

「春蘭のほうは大丈夫なの？」

「私はいつも通り、これといって特別なことはしないからな」

妓楼でやってきたことを、宮中の宴でも披露するだけである。妓女達のように、舞いや演奏の練習をする必要もない。それに祥琳は大袈裟《おおげさ》に溜息をついてみせた。

「私にも、そんな度胸があればなぁ。はい、お終い」

祥琳はそう言って、春蘭の肩をぽんと叩く。見習い部屋の入口を見れば、迎えに来た蒼羽《そうう》が立っていた。頭に気をつけながら立ちあがれば、簪がしゃんと軽やかな音を立てる。その音色に反して、そこそこの重量感があるのだが。

「では、行ってくる」

重心に気をつけながら、春蘭は差しだされた蒼羽の手を取った。

「それで、なぜぬしはこうも私の仕事を邪魔するのだ」

相手を睨みつければ、春蘭のすぐ傍らで満面に笑みをたたえていた男、翰栄《かんえい》は心外だといわんばかりの表情を浮かべた。

「私だって立派な客だよ？」

「私は占師として雇われているのであって、妓女ではないぞ」

「まあ、いいじゃないか」

「いいわけがあるか」

蟬英にくれぐれも粗相のないようにと念押しされている手前、あまり邪険にすることもできない。嫌いというよりは苦手な相手である。差しだされた杯に、春蘭は渋々と酒を注ぐ。秋菊役の月儀《げつぎ》は、練習があるからと言って不在だった。今日は蟬英がその役を務めることになっている。

「美女を前にして飲む酒は格別なんだよ」

「ならば、私ではなく正真正銘の美女を侍らすのだな」

「謙遜《けんそん》しなくてもいいのに。ほら、春蘭も食べるといい。足りなかったら、どんどん注文していいからね」

上機嫌に杯を干す翰栄は、姿焼きの魚や、蒸した鶏肉を薄切りにして様々な具を挟んだ一品など、彩り豊かな料理が並べられた御膳を勧める。

「もう私の腹には、なにも入る隙間はないぞ」

「そんなこと言って、ぜんぜん食べてないじゃないか。好き嫌いを言ってると、私のお嫁さんにしてしまうよー」

「なぜそうなる」

　酔《よ》っ払《ぱら》いの相手ほど面倒なものはない。これは蘇啓に助けを求めるべきなのか、と春蘭は凶悪な人相の門番を連想した。しかし、今日の翰栄はあまりにも浮かれ過ぎのように思う。文句を言いながらしばらく観察していた春蘭は、やがてある結論に辿り着いた。

「ふむ。これが自棄酒《やけざけ》というものか」

「しゅんらん？」

「面白くないことがあったからといって、酒に逃げるのはどうかと思うが。ぬしはそれで気が晴れるような性格でもないだろう」

「……春蘭は容赦《ようしゃ》ないよね。痛いところを遠慮なく抉《えぐ》ってくる」

　ぱたりと仰向《あおむ》けに倒れた翰栄は、虚ろな眼差しを天井へと向けた。そこには先ほどまでの機嫌のよさは見られない。

「なにもできず、じっとしているしかない自分が不甲斐《ふがい》なくて、ね。もう少しできる男だと思ってたんだけどなぁ」

　それは春蘭の心にも突き刺さった。華安へ行けば、真名を取り戻すことができると信じていた。その結果はどうだ。今も玄楽の足跡すら摑めずにいる。

「……待つしかない時は、どう足掻いたところでそれ以外にできることはない。堪えることも、また重要だ」

「いつも思うけど、春蘭は老成してるよね」

「大人だと言え」

「ごめんね。さすがに今のは、女の子に言うべき表現じゃなかったかも」

輸栄でも悩んだり、迷ったりすることがあるのかと、春蘭は物珍しく見つめた。ついでに思ったことをそのまま告げれば、乾いた笑い声があがる。

「私だってね、落ち込むことくらいあるよ」

「なにをそれほど気に病んでいるのだ？」

「うーん、秘密。お嫁さんになってくれるなら話してもいいけど」

「ならば聞かぬままでいい」

「そこは訊こうよ。お嫁さんになってあげるから教えてって、ちょっと恥じらいながら上目遣いで訊こうよ」

やはり、蘇啓を呼ぶべきだろうか。不満げに抗議する輸栄に辟易《へきえき》していると、ようやく席を外していた蟬英が房室へと戻ってきた。

「蟬英、春蘭が酷いんだよ」

「蟬英、輸栄が気持ち悪い」

互いに互いを訴えれば、蟬英が困ったように微笑んだ。そして、翰栄の側に膝をつく。

「翰栄様。お迎えの方がお見えになっておりますよ」

終刻の鐘が鳴るには、まだ間があった。迎えという言葉に、一瞬訝しげな表情を浮かべた翰栄だったが、蟬英に助け起こされ、ふらふらとした足取りで立ちあがる。

「春蘭。あなたもお見送りするのよ」

「わかった」

蟬英に支えられながら歩く翰栄は、やはりなにかに気を取られているようで、いつもと違った印象を受ける。翰栄という男のことをそれほど深く知っているわけではないが、酒に逃げるような性格ではないように思う。いったいなにがあったのだろうか。

「あーあ、今日は春蘭ともっと話せると思ってたのになぁ」

「ぜひまたのお越しをお待ちしておりますわ」

満面の笑みで告げた蟬英は、あんたも喋るんだよ、というような視線を春蘭に向けてくる。

ここで無言を貫き通しても、ろくなことにはならないだろう。

「次は、もう少しましな顔になってから来い」

蟬英の視線が強まるが、春蘭は気にせずに続けた。

「ぬしは、気楽に笑っているほうが似合う」

「……はじめて言われたよ、そんなこと」

困惑するように笑った翰栄は、春蘭の髪飾りに気をつけるようにしてその頭を撫でた。

「ねぇ、春蘭。本当に私のとこに来ないかい？」

「むりだな」

「お嫁さんじゃなくてもいいから」

いつもとは違う、輸栄の真剣な眼差しに春蘭は首を傾げた。なぜ、そこまでして輸栄は自分を欲しがるのだろうか。疑問が口から出掛かったが、理由を聞いたところでどうすることもできない。春蘭は、「むりだ」と、言葉を繰り返すしかなかった。

「そっか……。残念だなぁ」

がっくりと肩を落とす輸栄に、「そろそろよろしいですか？」と声をかける者がいた。迎えにきたというのは、輸栄が世話になっている茶房の主人らしい。年齢は四十過ぎで、柔和な顔立ちが印象的な人物である。酔いのせいで足腰が立たなくなっている輸栄を支え、黄海楼の前に横づけした俥に乗り込む。

「それでは輸栄様。お気をつけてお帰りくださいね」

「うん。君も頑張ってね」

それはなにに対する励ましの言葉なのかはわからなかったが、蟬英は表情を引き締め頷いた。

「じゃあね、春蘭」

「うむ」

お世話になりました、という茶房主人の言葉を残し、俥は花街界隈を離れて行った。それを見送った春蘭が黄海楼へと戻ろうとした時、蟬英の手が引き止めるように肩を摑んだ。

やはり、お客様への態度がまずかったのだろう。叱責を受ける覚悟を決めた春蘭に、体を屈《かが》めた蟬英は素早く耳打ちした。

「——うちにも病人が出た」

「まことか？」

「下働きが一人。妓女達は大丈夫だよ。特に宴に出る子達は、妓楼の奥に籠もって他者との接触も控えている」

「宴は取り止めにできぬのか？」

「できるわけがないだろ。皇帝陛下の不興を買えば、黄海楼はお取り潰しになる。せめて、宴自体が取り止めになってくれたら——」

しかし、蟬英は大きく息を吐いたかと思うと、ぴしゃりと自分の頬を叩いた。

「今のはなしだ。ここを乗り切れば、皇帝陛下の御前で舞いを披露したと箔がつく。宴まではあと三日だ。それを乗り切ればいい」

蟬英は自分に言い聞かせるように強い口調で告げた。それを見上げ、楼主となるにはこれくらいの心の強さがなければならぬのだろうと、春蘭は感心する。

「蟬英。私も微力ながら頑張るぞ」

「頼んだよ」

いつも通りの表情に戻った蟬英は、颯爽《さっそう》と歩き出した。

宴の当日は、雲ひとつない晴れ晴れとした青空が広がっていた。春蘭は俥の陰に座り、周囲のざわめきを聞きながら暇を持て余していた。

ぼんやりと座っている春蘭を他所に、蟬英によって演目の確認が行われている。宴に出るのは、黄海楼でも名立たる妓女たちだ。この日のために、彼女たちは舞いや演奏の稽古に明け暮れ、本番を迎えた今日は闘志を燃やしている。その中には、春蘭も馴染みの月儀や、なにかと突っかかってくる紅燕《こうえん》の姿もあった。

「いいかいお前たち。あそこにいるのが、うちの敵だからね」

敵、という言葉に、警備担当の兵士がぎょっとする。春蘭たちがいるのは、演者のために用意された準備用の広場だ。

すぐ脇には石畳の階段があり、それをのぼったところにある中庭で宴が催される。石畳の上には、官吏たち用の赤い敷物が等間隔に敷かれ、奥には中庭を囲うように豪奢な宮殿、華《か》宴宮《えんきゅう》があった。その中央に設けられた段に、皇帝が座すのだろう。

両脇には、御簾が下ろされた個室のようなものが幾つも並んでいる。后や妃妾《ひしょう》用の室だと、月儀が教えてくれた。黄海楼の妓女たちは、豪奢な宴の場を見てよりやる気が増したらしい。目つきもがらりと変わり、演目の復習に余念がない。

特に月儀たちが敵視しているのが、後宮の宮妓たちだ。妃妾と違い、彼女たちは後宮において皇帝を芸で楽しませる。宮中で催される宴に花を添えるのも、宮妓たちの役目である。そこに花街の妓女たちが呼ばれたのだ。間違いなく、あちらも対抗意識を燃やしていることだろう——というのが、蟬英の見解である。

「黄海楼、いや、花街の威信にかけて絶対に成功させてみせるよ！」

蟬英の力強い声に、妓女たちが唱和する。この勢いならば、場の雰囲気に萎縮《いしゅく》するということもないだろう。

「あ、春蘭。こんなところにいたのね」

姿を見せたのは、美しく着飾った月儀だった。色鮮やかな襦裙《じゅくん》に、舞う度にひらひらと揺れる羽衣を身に纏っている。遠目からでもはっきりと見えるようにと、丁寧に結いあげられた髪には、幾つもの簪が挿され、化粧も派手目に施されていた。よくそれで舞えるものだと、春蘭は感心する。

「あなたを呼んでる人がいるのよ。あっちの茂《しげ》みに行ってみなさい」

「誰だ？」

「行けばわかるわ」

広場の脇には低木が植えられている。そちらを指差した月儀は、忙しそうに立ち去ってしまった。首を傾げながらも足を向ければ、そこには久し振りに顔をあわせる人物がいた。

「仲望！」

低木に隠れるようにして座っていたのは、官服を着た仲望だった。髪も結いあげ、冠を被っている。いつもとは違う装いに、春蘭はほんの少しだけ戸惑った。

「少し心配になってね」

「そうか。啓璋達は変わりないか？」

「ああ。市場での食料価格が高騰しているようで、二人とも悲鳴をあげているよ。報奨金があるから、そこまで深刻ではないけどね」

「流行り病が拡がっているようだな」

黄海楼ではあれ以降、罹患者が出たという話はないが、周囲の妓楼ではぽつりぽつりと増えているようだ。市中に蔓延するのも時間の問題なのかもしれない。すると仲望がなにかに気づいたかのように、春蘭の全身をしげしげと見つめた。

「ずいぶんとめかし込んだね」

「大変だったのだぞ」

いつものでいいと言ったのだが、蝉英はとりあってくれなかった。晴れの舞台に選ばれたのは、手触りのよい薄桃色の鮮やかな襦裙である。腰裙《ようくん》はそれよりも色の濃い紅色で、腰紐には金色のものが選ばれた。裾や袖には金糸で刺繍《ししゅう》が施され、春蘭が歩く度にきらきらと輝きを零す。

髪型にも趣向が凝らされ、赤紫色の蘭の花で飾られてしまった。さらに金の細い簪を左右に三本ずつ挿され、かなりの重量となっている。化粧も念入りに施され、鏡を見た時にはいったい誰だと自分の目を疑ったほどだ。

「化粧が崩れたらやり直しだから、あまり顔を動かすなと言われた」

「それは大変だな。俺も朝から啓璋と友寧《ゆうねい》に囲まれた」

「ならばせめて、地面に座るのはやめてやれ。せっかくの服が台無しだ」

仲望は、土が剝《む》き出しになっているところに座っていた。官服にも汚れがついてしまうだろう。

「……この間のことだけど」

「うむ？」

「言いかたが、意地悪だった」

すまない、と仲望は言った。

「俺はいつも屋敷にいるから。兄のことについて、なにかわかったらすぐに報せるよ。だから春蘭は気兼ねなく、黄海楼で働いてくるといい」

ふわりと笑った仲望は、春蘭の髪飾りに手を伸ばし、簪の位置を直した。むず痒《がゆ》さを覚えた春蘭は、ぶっきらぼうに「……ぬしもたまには出仕したほうがいいのではないか」と憎まれ口を叩く。

「春蘭、どこだい！」

不意に蟬英の声が響いた。春蘭は立ちあがり、仲望を見下ろす。

「では、行ってくる」

仲望は返事とばかりに、片手をひらりと振った。

宴は滞りなく進んでいく。

階段下の広場で待つ春蘭の耳には、心地よい楽の音が届いていた。今は楽にあわせて、別の妓楼の妓女達が舞いを披露している。それが終われば、次は秋菊の番だ。秋菊に扮するのは、黄海楼の番頭、項永徳《こうえいとく》である。歳は四十すぎ。蟬英の右腕として、長年仕えてきた男性だ。真っ白な袍に身を包み、頭から同じように白い頭巾を被り顔を覆い隠している。

「さあ、出番だよ」

「うむ」

蟬英の合図に俥の御簾があがる。春蘭が手を取れば、秋菊に扮した永徳が装いを崩さないようにゆっくりとした足取りで進み出た。階段をのぼれば、広場にいた者たちの視線が永徳に集中する。

中庭では、中央の通路の両脇に官吏たちが雑然と並んでいる。一人一人の前に膳が並び、中には酒の飲み過ぎで顔を真っ赤に染めている者もいた。ただ酒の席にもかかわらず、全員が緊張したように背筋を伸ばしているのが印象的だった。

そして、通路を進んだ先に、男がいた。

建物の陰となっているため、顔をよく窺うことはできない。足許に宮妓を侍らせ、酒を注がせているようだ。暗がりから向けられた炯々とした視線と、そこにあるだけで威圧される存在感に、知らず春蘭は息を止めていた。これでは官吏たちも、酒に酔うことはできないだろう。

「――前に」

背後から蟬英の声が聞こえた。

我に返った春蘭は、永徳の手を引きながら中央に進み出る。脳裏で手順を確認しながら、二人でその場に平伏した。

「これが黄海楼で名を馳《は》せております、占師秋菊でございます」

蟬英の声を合図に、月儀が水を張った盆を春蘭たちの前に置く。春蘭は永徳に持たせていた水神盤を受け取り水に浮かべた。

「秋菊は腕と言葉が不自由でございますゆえ、そこの童女の介添えをお赦《ゆる》しください」

占は四人が限界である、と先方には伝えてある。また、内容も失せ物捜しや簡単な吉凶、恋占い以外は難しいとも。

「――それでは、秦《しん》官吏様」

月儀の言葉に進み出たのは、恰幅《かっぷく》のよい四十代前半の男であった。皇帝に見えるようにと配慮したのだろう。春蘭たちの前ではなく、脇に控えるように腰を下ろす。

「近々、姪の婚礼がある。日の吉凶を占っていただきたい」

詳しい日にちと、夫婦になる者たちの名を聞いた春蘭は、永徳の手を水神盤に翳すように移動させ、自分の手をその下にさりげなく添えた。

幾度も練習を重ねたおかげで、一連の動作に違和感はない。気を注げば、水神盤が呼応するように旋回を始めた。それを目にした官吏たちから、ざわめきがあがる。

秦官吏も身を乗り出すようにして、水神盤を見つめている。

やがて卦が浮かび、春蘭は永徳の腕を下ろした。口元に耳を近付け、頷く振りをする。

「吉日ですが、雨が降ります。前日も吉日ですので、支障がないのであれば変更してはいかがでしょうか」

「雨ですかな」

婚礼の際の雨は、あまりよい兆候ではない。だが、相手は不満のようだ。雨が降るかどうかは、当日になってみなければわからないといいたいのだろう。吉日なのだから変更するくらいよいではないか、と春蘭は内心で嘆息し、再び永徳の口元に耳を寄せた。

「前日であれば、すぐにでも子宝に恵まれます」

周囲から「それは吉慶」と、声があがる。子宝と言われ、ここでようやく相手も相好《そうごう》を崩した。

「それはいい。ぜひ前日にしましょう」

少しばかり上機嫌で、秦官吏は席へと戻っていった。

「――では、李《り》官吏様」

続いて進み出たのは、秦官吏とは逆に痩せ細った初老の男だった。心なしか顔色が悪く、一挙一動がゆっくりとしている。

「私は、死んだ妻の形見である簪を大切にしていました。それが、どこを捜しても見当たらんのです。失せ物捜しが得意とお聞きしたので、ぜひ見つけていただきたい」

妻の名を聞き、春蘭は永徳の手を水神盤に翳した。ゆらゆらと水面を旋回し、溝に流れ込んだ水が止まったところで水神盤も動きを止める。

「――酒の席で、お孫さんに差し上げたのではありませんか？」

「は？　孫に？」

「華安ではなく……他に住んでいる方です。時期は五年ほど前。祝いの席だったようです」

唖然とした李官吏であったが、我に返ったあとで感嘆の眼差しを永徳に向けた。

「確かに、五年前に私の昇進祝いを行いました。あれには、東都《とうと》に住む息子《むすこ》夫婦も顔を出しまして……ああ、そういえばそこには年頃の孫が」

「酔っておいででは？」

「はい。途中から記憶がなく、起きたらすでに朝でした」

春蘭は永徳の口元に耳を寄せる振りをして、水神盤に浮かんだ卦を伝える。

「大切になさっているようです」

「……すぐに確認の文を出してみます」

李官吏の目にうっすらと涙が滲んだ。失くしたと思っていた簪が、孫娘の手にあるとわかったのだ。しかも大切にされていたと聞けば、感動もするだろう。しきりに礼を述べ、李官吏も席へと下がって行った。

「――次に、盧《ろ》官吏様」

三人目は秦官吏よりも、さらに恰幅のいい壮年の男だった。垂れ下がった目尻が、なぜか永徳ではなく春蘭に向けられる。全身を舐め回すように見られ、不快感に背筋が粟立《あわだ》った。

「失せ物捜しや吉凶では、場も盛り上がらんでしょう。ここは一つ、誰が次代の皇帝陛下となるか占っていただきたい」

官吏達にざわめきが拡がった。驚愕《きょうがく》の表情を浮かべる者もいれば、渋面を作る者、興味を示す者など千差万別だ。

だが、咎め立てする声はあがらない。蟬英を見れば、約束が違うというように唇を噛んでいた。つまり、これは盧官吏の独断なのだろう。

春蘭の脳裏に、太子派と公子派の構図が浮かんだ。この男がどちらの陣営に与しているかは定かではないが、場に一石を投じて満足したのか得意げな笑みを浮かべていた。愚かな男だ。春蘭は永徳の口元に耳を寄せた。すると、弱々しげな声で「ど、どうするんだ？」と声が聞こえた。黙っていろ、と春蘭は永徳の膝を軽く叩いた。

そして、水神盤に手を翳すことなく盧官吏に向かう。

「次代の皇帝が立つということは、陛下が亡くなられることを意味します。陛下の御前で、そのような占は行えません」

きっぱりと告げれば、発言を理解した盧官吏は即座に顔を真っ青にした。自分の言がどれほど無礼なことだったか、ようやく気づいたのだろう。時すでに遅しではあるが。

「い、いや、私は、そんな、そんなつもりではけっして……！」

しどろもどろに弁解するが、助け船を出す者はいない。せめて、酒の席の冗談だったとでも言い訳すればいいのだが、混乱のあまりそこまで頭が回らないようだ。だからこそ、あのように軽率な発言ができたのだろう。

「不快だ。下がれ」

腹の底に響くような、低い声が響いた。辺りが水を打ったように静まり返る。我に返ったのは、盧官吏である。体を震わせながら血走った眼差しを永徳と春蘭に向けた。

「陛下のご命令だ！　さっさと立ち去れ！」

——どう考えてもお前だろう。

おそらく、春蘭だけでなく盧官吏以外の者たち全員がそう思ったに違いない。

動かない永徳と春蘭に痺《しび》れを切らしたのか、盧官吏が手を伸ばそうとした時だった。その肩を、警備の兵士が摑む。

「なっ、なにを——」

そして、有無を言わさずに引き摺って行ってしまった。盧官吏は最後まで何事か喚いていたが、やがてそれも聞こえなくなってしまう。

「つ、次に薛《せつ》昭《しょう》儀《ぎ》様」

月儀の引き攣ったような声が響いた。それに、張り詰めていた空気が緩む。

四番目は、妃妾だ。春蘭は事前に、四人の相手の名と官位を知らされていた。

薛昭儀は、四夫人の下、九嬪《ひん》に属する。現在、妊娠中とのことだった。臨月はまだ先だが、身籠もってから半年は経っているらしい。中央に進み出てきたのは、二十代前半の美しい女だった。薛昭儀付きの侍女が代理として来る、と月儀から聞いていた。侍女は春蘭の傍に座ると、緊張に顔を強張《こわば》らせながら口を開いた。

「薛昭儀様は、陛下の御子を身籠もっておいでです。男児か女児か、占っていただけますか？」

これもまた、約束とは違う。断ろうとも思ったが、こちらを見つめる侍女の顔はなぜか必死だった。なにかを切実に祈っているような、そんな目に押され、春蘭は永徳の手を水神盤に翳す。浮かびあがった卦に、春蘭はなるほど、と内心で頷いた。

「――御子は、女児です。間違いはございません」

わざと声を張りあげる。おお、と歓声があがった。侍女は緊張の糸が切れたのか、茫然としたまま動かない。そこに、再びあの声が響いた。

「薛昭儀の腹にいるのは女児らしい。見逃してやれ」

誰もが啞然とした。

皇帝の言葉から察するに、薛昭儀は暗殺者の影に怯《おび》えていたのだろう。おそらく、この問いは、侍女の独断。秋菊の占の腕が本物であると知って、もしこの場で女児だと言ってもらえたのなら、暗殺の脅威も薄れると思ったのではないだろうか。一か八かの賭けに出るほどに、侍女の主人である薛昭儀は追いつめられていたに違いない。

春蘭は侍女の耳元で囁いた。

「手配している産婆は駄目だ。他の妃妾の息がかかっている。薛昭儀か、信頼できる侍女の親族から産婆を探せ」

皇帝の子を産んだこと自体を妬《ねた》まれてはどうしようもない。そう告げれば、我に返った侍女が真剣な眼差しで頷いた。春蘭は何事もなかったように永徳の隣に座った。侍女が戻って行く姿を眺めながら、ようやく終わりか、と細く息を吐いた。

時間的には短かったが、予想外のできごとに疲れてしまった。しかし、これで黄海楼の客寄せには充分な効果があったはずだ。

あとは蟬英の合図で下がるだけ——そう思った時である。

「占師よ。我が世はいつまで続くか」

朗々たる声が響いた。

春蘭は動くことができなかった。

自分だけではない。誰もが微動だにしない。呼吸さえ止めているのではと思うほど、しんと静まり返った中、沸儀《ふつぎ》の声が響き渡った。

「どうした。占わぬか」

「………」

春蘭は生唾《なまつば》を呑み込んだ。永徳はあまりのことに気絶しているかもしれない。占は四人まで。それ以上はむりだと申し入れているが、相手は皇帝だ。断ることは難しい。もしくは、人の運命を見通すような占はできないと拒否するか。

しかし、これは黄海楼に迷惑がかかる可能性がある。なにせ相手は華国《かこく》の支配者だ。その一言で、白も黒に変わってしまうだろう。

占は可能だ。

ただ、春蘭は占師としてあらわれた卦がどのようなものであっても答えなければならない。

たとえ、沸儀が明日死ぬとしても、だ。

権力者の意に沿わぬ卦を告げて殺された占師は、春蘭が生きていた時代にもいた。

そして、殺されるとわかっていても春蘭は卦を正直に告げるだろう。それが占師だからだ。

息を吸って、春蘭は永徳の腕を水神盤に翳した。

そういえば、仲望はどこにいるのだろうか、とどうでもいいことが脳裏を過る。

水神盤の旋回が、やけに遅い気がした。溝を進む水がある位置でぴたりと止まり、それにあわせて水神盤も動きを止めた。

「――これは」

浮かびあがった卦は、既視感を呼び起こすものだった。

「なんとでた？」

沸儀の声に我に返った春蘭は、永徳の口元に耳を寄せる。触れていた手は小刻みに震えていた。この重圧の中、気絶しないだけ大したものだ、と春蘭は笑みを浮かべる。体勢を整え、春蘭は沸儀へ顔を向けた。

「未来はまだ定まっておりません」

卦は、以前に翰栄を占った時に出たものと、ほぼ同じであった。ただ沸儀は実名で行ったため、あの時よりは幾許《いくばく》か鮮明な文様が浮き出ている。

「〝波瀾《はらん》〟〝破壊〟の卦が出ております。陛下が波瀾の末になにかを破壊するのか、それともされるのか。判断はつきかねます」

春蘭は水神盤を水から引きあげると、巾で丁寧に水気を拭って己の懐にしまった。あとは蟬英の合図で下がれば、今度こそ終わりだ。もっとも、皇帝の不興を買っていなければ、の話だが。

真っ直ぐに沸儀を見据えれば、微かに笑ったような気配がした。

「よかろう。娘を置いて下がれ」

唖然とするが、春蘭にはどうしようもない。足許が覚束《おぼつか》ない永徳を立たせ、盆を下げにきた蟬英に預ける。心配げな視線を向けられたが、小声で「気にするな」と告げた。

「――傍へ」

春蘭は溜息を堪え、進み出た。

まるで悪い夢でも見ているようだ。

手を伸ばせば届く場所に、皇帝が座っている。警備の兵士が止めるのも聞かず、沸儀は春蘭を傍に招いた。

問題なのは、なぜ秋菊ではなく春蘭を呼んだのか、だ。いや、秋菊に扮する永徳を呼ばれても困るが、意味がわからずに困惑する。沸儀の傍に侍っていた宮妓たちは、すべて下げられてしまった。中庭では黄海楼の妓女達が軽やかに舞い、宴に花を添えている。

笛や琴の音に合わせ、月儀や紅燕といった四人の面々が花園に遊ぶ蝶《ちょう》のように軽やかに舞い踊る。二人の手には、剣が握られていた。

やがてその二人だけが取り残され、楽に合わせて剣を振るう。黄海楼では目にしたことはないが、彼女たちが演じているのは剣舞だ。素早い身のこなしで剣を打ち合い、居場所を入れ替えては、また打ち合う。

そこに激しさはなく、どれほどの速さで剣を振ろうともけっして優美さが失われることはない。舞いに見入っていれば、頭上から低い声が響いた。

「――先ほどの占は、秋菊という占師ではなく、そなたが行っていたな？」

見上げた先には、どこまでも冷ややかな眼差しがあった。やはり気付かれていたか、と春蘭は自嘲する。

「なぜ？」

「気の流れの許にあったのは、そなたの手だ。四度も見ればわかる」

「気を視ることができるのか」

仲望が例外かと思っていたが、沸儀もまたそうなのだろう。しかし、返ってきたのは否定の言葉だった。

「視るのではなく、感じただけだ。気には流れというものがある」

「身替わりを立てていたのは、私の外見が問題だったからだ。私がなにを言っても、信じる者は少ないだろう。それでは占師として働けない」

「そうだな」

なにが面白いのか、沸儀はくぐもった笑い声をあげた。近くに控える官吏や兵士達が、啞然とした表情を浮かべている。春蘭が耳にした皇帝像とは、残虐《ざんぎゃく》、非道、といった言葉が服を着ているようなものだった。しかし、けっして理不尽な相手ではないらしい。率直な物言いをする春蘭を咎めることもなければ、占の結果に不満を口にすることもない。

「それを訊きたかったのか？」

「それもある」

沸儀の言葉に、春蘭は眉を寄せた。では、なぜ自分を傍に呼んだのか。

「余を睨む目があった。試しにそなたを傍に置けば、より強まった」

沸儀ではなく春蘭を睨む目、の間違いではないだろうか。官吏たちから向けられるのは好奇の眼差しだが、近くの御簾からは殺意混じりの視線が突き刺さっている。

「面白い相手に好かれているな」

沸儀の視線を辿った先には、仲望の姿があった。険しい表情でこちらを睨みつけている。

「禁軍に所属していた男だ。確か、鄭玄楽の弟だったな。弓の名手で、四年前のことがなければいずれ将となっていた」

「敵を増やしてどうする？」

普通、敵は排除するものだ。わざわざ得るものではない。この男は自分の命が惜しくはないのだろうか。

「楽しみは増やすものだ。そうは思わぬか？」

「太子と猩猩《しょうじょう》緋《ひ》も、楽しみとやらの一つか？」

「小物をいくら潰したところで無意味だ。敵は超大であればあるだけ楽しめる。小物を甚振《いたぶ》って楽しむのは、しょせん小物のすることだ」

「それで、己が死んだとしても？」

もっとも沸儀が〝死〟を怖れているようには思えなかった。己の命すら餌にして、群がる者たちを嬉々として屠《ほふ》る——そんな印象を受ける。

「生死を賭けるからこそ意味がある。安穏《あんのん》とした場所で槍を振るって、なにが楽しい？」

「華安を戦場とするか」

「それも一興」

沸儀にとって、華国自体が楽しみを生むための道具なのかもしれない。

——尋常ではない。

その一言で評するのは簡単だ。問題は、それが皇帝であることだ。

「よいな。そなたとの会話は楽しい」

「私としては、あまり嬉しくはない」

「誰に話しても、人を化物のように見る。首を刎《は》ねて終いだ」

確かに、通常の思考を持つ者に、沸儀の言葉は理解できないだろう。だが、春蘭が生まれたのは戦乱の時代だ。非道な人間には、事欠かなかった。

「……できるならば、太子と猩猩緋だけで満足してくれ」

「誰にものを言っている？」

沸儀が立ち上がった。その手には鞘《さや》に入った剣が持たれている。楽が止み、辺りにざわめきが拡がった。誰もが春蘭に哀れみの目を向ける。おそらく、妓楼の娘が沸儀の逆鱗《げきりん》に触れたとでも思っているのだろう。だが、春蘭は構わずに告げた。

「ぬしにだ」

「ふむ。やはり、そなたはよいな」

沸儀はその剣を春蘭に向けて放り投げる。

「褒美だ。受け取るがよい」

いつの間にか、黄海楼の演目は終わっていた。

黄海楼は歓喜の渦に包まれていた。今ばかりは流行り病への恐怖も払拭されている。宮中の宴で、黄海楼だけが褒美を賜ったのだ。おそらく、その名は華国全土へと轟くだろう。

宴に出席した妓女達は誇らしげで、春蘭もよくやったと方々から祝いの言葉をかけられる。皇帝の元へと呼ばれた時はどうなるかと思ったが、無事切り抜けられたことに安堵する。

「春蘭！」

人波をかきわけるようにして、祥琳がやってきた。その顔は実に晴れやかだ。

「おめでとう。大成功だね！」

「ひやひやしたがな」

「あーあ、やっぱり私も見てみたかったなぁ」

「また機会があるだろう。その時は、ぬしも演者として出るやもしれぬな」

「そ、それは……」

うろたえる祥琳に、春蘭は小さく笑った。きっとそんな未来も来るだろう。そこに自分はいないが。大広間には、次々に料理が運ばれてくる。今日は祝いだ。誰もが踊りださんばかりの笑顔の中。楼主である蟬英が姿を見せた。

わっ、と歓声があがる。

しかし、なぜか蟬英の表情は硬い。

「静かにおし。紅燕が倒れた。――流行り病だよ」

第六章

——なぜ、自分がこんな目に遭《あ》わなければならないのか。

それは、紅燕《こうえん》が妓楼に売られてきた時からずっと思っていることだった。

紅燕の生家は、多くの文官を輩出した名家だった。一人娘である紅燕は、掌中の珠《たま》のごとく大切に育てられ、良家の子女としてどこに嫁いでも恥ずかしくないように最良の教育を受けた。太子の后妃にという話もあったほどだ。

紅燕に、自分は恵まれているという自覚はなかった。裕福な暮らしができて当然であり、それが永遠に続くものだと信じていた。

けれど、幸福な生活は突然に終わりを告げた。

官吏だった父親の横領が発覚し、屋敷や土地をすべて召しあげられてしまったのだ。それでも借金は残り、紅燕は妓楼に売られることとなった。黄海楼《おうかいろう》に買われたことを、事情を知る者は口々に幸運だと言う。安い妓楼の妓女とは違い、望まぬ限り夜伽《よとぎ》をする必要もない。一流の妓女と称えられ、誰もが羨む地位にいる紅燕だったが、根っ子に巣食う貴族としての矜持がそれを潔《いさぎよ》しとしなかった。

苦労して身につけた教養と、幼い頃から練習し続けた楽は、妓女になるためのものではない。いくら名娼妓《しょうぎ》と持て囃されようと、心が晴れることは一度としてなかった。なにより も紅燕の自尊心を傷つけたのは、楼主の存在である。

様々な分野に秀で、一つ一つの所作にすら匂うような気品が感じられた。人目を惹《ひ》く華やかな容貌。肉感的でありながら、柳の如く細っそりとした肢体。比べれば比べるほど、自分が劣る存在であると見せつけられているようで辛かった。

「妓女はどんな時も誇り高くありな。たとえ死ぬ間際だって、弱さを見せるんじゃないよ」

それは、紅燕が客の不興を買ってなお、下手に出ることなく凛とした態度を貫き通した際に、蟬英《せんえい》が告げた言葉である。むろん、客を怒らせたことをこっ酷く叱られたあとでのものだ。

当然だ。自分に残されたのは、他ならぬ〝誇り〟以外にはないのだから。いつしかその言葉は、妓女に身を落としてもなお、自分は特別であると自身に言い聞かせ続けた、紅燕の拠《よ》り所《どころ》となっていた。

――だから、誰にも弱さを見せたくはなかった。

数日前から感じていた体の不調も、時折痛む腹も、きっと気のせいだと自分に言い聞かせた。宴の当日だって、体調は悪くなかった。舞いや剣舞も完璧で。それなのに……。

黄海楼に戻るなり、焼けつくような痛みを腹部に感じた。せりあがってくる嘔吐感を堪えることができない。「紅燕！」と、焦ったように自分の名を叫ぶのは、ずっと憎んできた女だった。

触るな、と叫んだはずの声は、言葉にならずに嗄《かす》れて消えた。誰もが悲鳴をあげて離れていく中、あの女だけが自分を抱き締めるように支えてくれた。ざわめきがうるさい。

「病だ……」「どうして」「どこのどいつにうつされたんだっ」——怒りと恐れが入り交じったような声が響く。責めるようなそれに、紅燕は怯えながらも自分のせいではないと叫びたかった。

「うるさいよ。ぎゃあぎゃあ騒いでる暇があるんだったら、病人のために部屋を用意しなっ！」

唯一、自分を責めない蟬英に、紅燕は朦朧《もうろう》とする意識の中で苛立った。

なぜ、この女はここまで強くあれるのか。

普通は、病に倒れた妓女など、どれほどの名妓であっても見捨てるだろう。花街《はなまち》という華やかではあるが地獄のようなそこで、なぜこうも凜と美しくあれるのか。無意識に伸ばした手を包んでくれたのは、いったい誰の掌だったか。

じょじょに霞《かす》みはじめる視界。

紅燕は自嘲するように微かに笑ったあと、自ら瞼《まぶた》を閉じた。

他の妓女の中にも不調を訴える者が出たらしいが、そちらは症状が軽度のこともあり、感染と判断するのは微妙だと蟬英は言う。

「――蟬英姐さん。これから、どうするつもりなんです?」

硬い表情の月儀《げつぎ》が、妓楼に戻った蟬英に詰め寄る。周囲に客の目がないこともあって、訊ねずにはいられなかったのだろう。

「さっきうちの奴らを、花街でどれくらい病が拡がってるか確認にやらせたよ。酷いようなら、全体の客足が落ちる。どうするもなにも、しばらくは商売になんないだろうね。まったく、宴で大成功を収めたってのに」

苦々しげな口調で蟬英は告げた。確かに、病が流行っている界隈を好き好んで訪れる者はいない。わざわざ閉業の看板を立てなくても、自然と客足は遠のくというもの。

「健康な者は、なるべく病人に近づかないようにするしかない。春蘭《しゅんらん》、あんたもだよ」

「私は病には罹らぬぞ」

「はじめはみんなそう言うもんさ」

神気に覆われているからなのだが、それを蟬英が知るはずもない。また、説明したところで信用してはもらえないだろう。

「客は理由をつけて帰す。うちでうつされたと吹聴されても困るからね」

それだけを告げると、蟬英は春蘭の返事を待たずに月儀を連れて足早に去って行った。残された春蘭は溜息を一つ落として、見習い部屋へと向かう。室内に足を踏み入れると、そこにはすでに妓女見習いの少女達が集まっていた。

みな一様に不安げな表情を浮かべ、まるで聞かれては困るといったように小声でこそこそと囁きあっている。先ほどまでのお祭り騒ぎが嘘のようだ。室内を見回した春蘭は、部屋の隅に蹲《うずくま》っている祥琳《しょうりん》を見つけた。近づけば、気配に反応して祥琳が顔を上げる。

その隣に腰を下ろせば、小さな掌が縋るように春蘭の手を握り締めた。

「紅燕様ね、体調が悪いのに、ずっと我慢していたみたいなんだって」

「そうか」

「みんな、紅燕様のことを責めてるの。なんでもっと早く言わなかったんだ、黄海楼に病が拡がったらどうしてくれるんだ、って」

春蘭の手を握る掌に力が籠もる。祥琳の瞳にはうっすらと涙の幕が張られていた。

「でもね、もしも自分が同じような目に遭ったら、私だって隠すと思う。だって、怖いもの。楼主様は見捨てないって言ってたけど、でも、他の人達が追い出そうとするかもしれない。だから、黙ってた紅燕様の気持ちがわかる」

「祥琳は悔しいのだな」

「……うん」

頷いた拍子《ひょうし》に、祥琳の目尻に溜《た》まっていた涙が頬を伝う。堰《せき》を切ったそれは、抑えが利かぬように次から次へと溢れでた。

「掌を返したような態度が、使用人達を見ているようで……。どうしてって。みんな、紅燕様におべっかを使ってまで取り入ろうとしてたくせに、いざとなったら一人残らず離れていくの。今だって、楼主様に命じられたから紅燕様の看病をしてるけど、率先してなにかをしようとする人はいなかったわ」

　使用人、という言葉に春蘭はしばし頭を巡らせた。脳裏を過るのは、以前に啓璋《けいしょう》達から聞いた話だ。四年前の戦で玄楽《げんがく》が死に、仲望《ちゅうぼう》まで禁軍を退役せざるを得なかった際、鄭《てい》家の使用人達は啓璋と友寧《ゆうねい》を残して屋敷を出て行ったのだという。

　金目のものはすべて持ち去られ、それを茫然と見ているしかなかった少年達の心には深い傷跡が残された。

　もしかしたら、祥琳も同じような目に遭ったのか。妓楼には良家の子女が売られてくることもあるという。紅燕に以前の自分を重ねているのだとすれば、この悲しみようにも納得はいく。

「祥琳、それは傲慢な考えだ」

「……え？」

「紅燕を看病すれば、確実とは言わぬが病がうつる恐れがある。それを覚悟してもなお、病人の傍にいようと思う者は少ない。たとえ恩があろうと、命を投げ捨てられるほどの強い思いを抱くことは難しい。まして、それを第三者が恩知らずと非難することは間違っている」

　啓璋や友寧には言わなかった言葉だ。彼らは鄭家を見限った使用人達を憎んでいた。だが、使用人達も去りたくて去ったわけではないだろう。没落した家が、使用人達を養っていけない以上、新しい働き先を探すのは当たり前のことだ。

　その際に金目のものを盗《と》って行ったことは恥ずべき行為だとは思うが、生きるために雇い主に見切りをつけるのは、しかたのないこと。たとえ恩があろうとも、それに殉《じゅん》じる気概がなければ人は自分の暮らしを優先する。

啓璋と友寧は、それでもなお鄭家に留まることを選んだ。だから、出て行った者達を恩知らずだと罵る気持ちを否定してはいけないと思った。

しかし、祥琳のように安全な場所で、紅燕を見捨てた者に怒りの矛先を向けることは間違っている。せめて、紅燕に対し、批判的な言葉を口にした者達に怒りをぶつける程度に留めるべきだ。

「酷いよ、春蘭……っ。春蘭は誰にも裏切られたことがないから、そんな風に言えるんだよっ。どうして紅燕様がかわいそうだって思えないの？」

涙を零しながら食ってかかる祥琳に、春蘭は心の中で苦笑した。紅燕のことは、確かに哀れだとは思う。だからといって、彼女の看病を拒んだ者達を非難しようとは思わない。

「祥琳。問題を履き違えるな。紅燕から離れた者達を庇ったからといって、紅燕を哀れまぬわけではない」

「春蘭は、他人事だからそんな冷静でいられるんだよっ。帰る家があるものね。黄海楼で病が拡がっても、自分だけは逃げられるから、そんな悠長《ゆうちょう》にしてられるんだっ」

祥琳の瞳には、拒絶の色が宿っていた。帰る家があるから、という言葉に、春蘭は胸に鈍い痛みを感じた。鄭家は帰る場所ではない。本来、春蘭が帰るべき所は、ここから遠く離れた小さな邑《むら》だ。それも真名《まな》を取り戻さなければ、帰ることはできない。

しかし、祥琳の言うことももっともだ。少なくとも春蘭には、〝鄭家〟という場所があり、彼女達にはそれがない。置かれた立場が異なる春蘭の言葉に重みがなくても当然である。傲慢な発言だったのかもしれないな、と春蘭は自嘲した。

「……すまなかった」

それだけを告げると、春蘭は音もなく立ちあがった。

部屋を出る際に祥琳を振り返るが、抱えた膝に顔を埋《うず》めたまま動く気配はない。他の少女達は、今後について話しあうことに忙しそうで、春蘭に視線を向ける者はいなかった。房室を出れば、あたりは不自然なほど静まり返っていた。遠くから喧噪《けんそう》は聞こえるものの、いつものように人が慌ただしく走り回る気配はない。蟬英から春蘭が言われたように、仕事のない者は部屋に戻るようにと指示が出ているのだろう。特に大事な商品でもある妓女達は、病人に触れないよう念入りに注意を受けているはずである。

「さて、病人の部屋はどこか……」

下働きの者ならば、どの房室に紅燕が運び込まれたのか把握しているだろう。試しに厨房を覗いてみれば、こちらは相変わらず喧噪の真《ま》っ只中《ただなか》といった様子だった。

病人が出たからといって、食事の時間が変わるわけではない。春蘭が戸口で観察していると、配膳係の下女が慌ただしい足取りで料理の皿を運んで行く。

しばらく観察していると、春蘭は下働きの者達を総括している男に叱咤される一人の女に気づいた。盆を持った下女は四十歳ほどで、青褪めた顔にうっすらと涙を浮かべている。どうやら、紅燕の部屋に配膳を命じられ、それを嫌がっているようだ。

しかし、雇われの身に拒否権はないようで、嫌々といった様子で盆を運んでいく。春蘭は下女に気づかれないように、そのあとをつけた。下女が向かったのは、西側の二階、その最奥に位置する部屋であった。周囲の房室には人の気配はない。ここを病室と定めた際に、他の場所へと移動させられたのだろう。

下女は扉の前で、戸に手をかけては戻すことを繰り返している。このまま戸口に盆を置いて戻ろうか迷っているようだ。やがて意を決したように、下女は扉の中へと姿を消した。そう経たずに、真っ青な顔で廊下へと飛び出してくる。

春蘭はとっさに近くの房室に入り、戻ってくる下女をやりすごした。俯き加減で足早に去っていく下女を見送り、春蘭は改めて紅燕がいると思われる房室の前に立った。

「そういえば、忘れていたが、私はあの者に嫌われていたな」

出て行けと言われた時はしかたない、と春蘭は割り切って扉を開けた。室内は薄暗く、風の通りがないせいか空気が淀《よど》んでいる気がした。鼻孔を突く、食べ物が腐ったようなすえた臭いに、春蘭は思わず顔を顰めた。

「失礼する」

声をかけるが、返答はない。灯りがないといっても、窓の隙間からわずかに光が差し込んでいるため、手探りして進まなければならぬほどではない。床の上に敷かれた布団は一組だけだった。

「看護の者が見えぬな……」

祥琳の話では、蟬英に指示を受けた下働きの者が病人の看護を受け持っているはずだ。疑問に思いながらも枕元へと歩み寄った春蘭は、変わり果てた紅燕の姿に絶句した。

寝衣から覗く胸元や、顔の両脇には乾いた吐瀉物《としゃぶつ》がこびりついていた。顔は青白く、うっすらと開かれた瞳は焦点があわぬように虚空をさ迷っている。唇から漏れるか細い呼吸音と、それにあわせて上下する胸の動きがなければ、絶命していると勘違いしても不思議はない有様だった。昼間はあれほど見事な舞いや剣舞を踊っていたというのに。

先ほど下女が運んできた盆は、枕元から離れた場所に置いてあった。近づきたくないという気持ちが如実に表れている。春蘭は淀んだ空気を入れ替えるために、窓を開けた。気温は日中よりも下がったが、風に冷たさは感じられない。それでも病人の弱った体にはあまりよくはないだろうと、半分ほど開けるに留めた。

次に、枕元に置いてあった水桶に手拭を浸し、それで紅燕の顔や胸元をきれいに拭《ふ》き清める。吐瀉物の染み込んでしまった枕は、誰のものかは知らないが、室内に置いてあった清潔なものと交換することにした。

「紅燕？」

「……う、うっ」

不意に、紅燕の乾燥した唇から呻き声が漏れる。顔を覗き込めば、わずかながら瞳に意思が感じられた。

「水は飲めるか？」

吐いたのだから、体は水分を求めているはずだ。下女が持ってきた盆には、水差しと茶碗《ちゃわん》、それに消化がよいようにと、よく煮られた粥が置かれていた。紅燕の頭を持ち上げ、水を注いだ茶碗を口元に宛がう。少しずつではあるが、それを嚥下《えんか》する紅燕に春蘭は安堵の息を吐いた。

「粥は食えるか？」

わずかに頭が横に振られた。しかし、食べねば体力は低下する一方だ。

「少しでもよい。水と一緒に流し込むのだ。少しでも食わねば、体がもたぬぞ」

春蘭は軟らかな粥をさらに水で薄め、匙《さじ》で掬《すく》っては紅燕の口元に運んだ。はじめは嫌そうに唇を閉ざしていた紅燕だったが、春蘭の譲らぬ態度に根負けし、渋々といった様子で流し込まれるものを嚥下する。

「ふむ。今はこれくらいでよかろう」

むりに食べさせても、また吐きだすだけである。分量にすれば匙二杯分程度だが、なにも食べぬよりは遥かにましだ。

「あとは眠るとよい」

「……どう、して」

嗄れているせいで聞き取り辛いが、そこは根気強く紅燕が喋り終えるまで耳を傾ける。

「なん、で、あんたが……ここ、に。私を、看《み》てる、の」

「具合を見にきたら、ほったらかしにされていたのでな。私にできることをしたまでだ」

だが、どう曲解したのか、紅燕は不快げに口元を歪めた。

「……私に、取り、入ったって、いいこと、ない、わよ」

「取り入るつもりはない。それよりも、のどが痛むだろう。むりに喋るでない」

嘔吐を繰り返す際、一緒に逆流してくる胃液にだいぶのどをやられているのかもしれない。呼吸すら痛みを伴うだろう。

「別に感謝されたいわけではないのだ。ぬしは気にせずに療養に努めよ」

不可解そうな表情を浮かべた紅燕だったが、体力の落ちた体は睡眠を欲しているらしい。ゆっくりと瞼が下り、やがて眠りへと落ちていった。

額に浮き出る玉のような汗を手拭で拭き取りながら、春蘭は紅燕の様子を観察した。以前、回廊で会った時よりも、全体的に痩せたような気がする。むろん、病の影響はあるだろう。だが、倒れてからさほど間を置かない状況で、ここまでやつれるだろうか、というのが春蘭の疑問であった。

「おそらく、限界まで我慢したのだろうな……」

病に罹ったなどと、紅燕の矜持が許さなかったのかもしれない。むろん、妓楼から出されてしまうのではないかという不安もあっただろう。

しかし、問題は妓楼の奥で、隔離されるようにして暮らしていた妓女が病に罹ったという事実だ。妓女達が、外部の者と触れあう機会は限られている。誰からうつされたのかはわからないが、すでに病が妓楼内部にも拡がりつつあると見て間違いはない。

水を絞った手拭を、紅燕の額に載せる。まだ熱はそれほど高くないようだが、蟬英が言っていた症状では高熱が続くとあった。これからじょじょに高くなっていくのだろう。

――華安《かあん》の守り神は、いったいなにをしているのだろうか。

疫の兆候があれば、必ず地脈が乱れる。気の淀みに敏感な守り神が見過ごすはずはない。また、たとえ流行り病の拡大を阻止することが難しい場合でも、その威力を半減させたり、拡がる速度を緩めることはできる。しかし、守り神が力を使った兆候はない。

むろん、すべての街や邑に守り神がいるとは限らない。力を失い消滅してしまったところもあれば、祭祀《さいし》が行われなかったところもある。だが、そういった場所は、疫や洪水、日照りなどの天災に見舞われるのですぐにわかる。

華安はそのような災厄に見舞われることの方が珍しく、飢饉《ききん》が起こった年も、被害は小規模で収まったと聞いている。華安には守り神がいるのではないか――春蘭はそう確信していた。だからこそ、この現状が納得できなかった。

「……病が発生したという場所に行ってみるか」

そこに行けば、なにか原因が摑めるかもしれない。危ないと言われている貧民窟だが、春蘭には白桃《はくとう》がいる。行ってみなければ、なにもはじまらない。とりあえず明日、詳しい話を聞いてからだ。今は紅燕の看病に専念することにしよう、と春蘭は温《ぬる》くなった手拭を桶に浸したのだった。

第七章

翌日の早朝。春蘭《しゅんらん》は見習い部屋にて目を覚ました。紅燕《こうえん》の看病のために、夜通し側についているつもりだったのだが、蟬英《せんえい》に見咎められ、隔離された房室への立ち入りを禁止されてしまったのだ。

いくら自分に病はうつらぬのだと力説しても、「韓《かん》の旦那に恨まれたくはないからね」の一点張りで、譲ろうとはしなかった。

また、春蘭の行動が下働きの者達の知るところとなり、あんなに小さい子供がやっているのだからと、看病を厭《いと》う者が減ったという。さらに蟬英が連れて来た医師が病人達を診察し、薬の処方を行った。

医師が言うには、悪化を食い止められるかどうかは、本人の体力次第なのだそうだ。体力が続けば、薬の効果で病は体の外へと追い出される。しかし、それまで体力が続かなければ死ぬだろう、と。

紅燕はかろうじて、食べ物を受けつけていることもあって、重篤ではないらしい。ただ、元々の体力が低下していたこともあって、完治するかどうかは五分五分なのだという。

そして、昨夜、新たに妓女二名が体調不良を訴えた。病は、じょじょに黄海楼《おうかいろう》をも蝕《むしば》みはじめているようだ。

「さて……私は、私にできることをするか」

花街《はなまち》と貧民窟は、意外と近い場所にある。花街も路地裏などは、貧民窟とそう変わらないと言われるほどだ。

　間違っても、小さな子供が行くような場所ではない。すぐに人買いに攫われるか、場合によってはもっと凄惨《せいさん》な目に遭うだろう。しかし、春蘭はそんなことは気にせず、同室の少女達を起こさないようにこっそりと着替えをすます。

　音を立てないように扉を開け、廊下に人の気配がないことを確認する。幸い、早朝ということもあって、下働きの者達も大半は厨房に詰めているようだ。厨房とは逆方向に抜けた先には、裏口がある。一階には、場所によって用途の違う裏口が設けられており、春蘭が目をつけたのは、行商の者達が商品とともに出入りする所だ。

「よし……行くか」

　扉にかけられた閂《かんぬき》を外し、春蘭はわずかに空いた隙間をすり抜ける。小声で白桃《はくとう》の名を呼べば、主の意思を正確に読み取った神獣は、扉の内側に姿を現したようだ。がたがたとなにかをあわせるような音が響き、そうかからずに春蘭の玉が淡い光を発する。どうやら、無事に閂をかけ直すという任務を果たしてくれたようだ。

「よくやったぞ、白桃」

　玉を一撫でしたあと、春蘭は朱塗りの小門を潜《くぐ》って妓楼の外へと出た。裏門ということもあり、さすがに人気は少ない。なるべく通行人の注目を引かないように、春蘭は足早に妓楼から離れた。

あれからどれだけ経っただろうか。少なくとも、山裾から顔を出した太陽は、頭上近くまで移動している。

貧民窟の正確な場所は不明だが、方角さえわかっていれば問題はなかった。いざとなれば、水神盤《すいしんばん》でだいたいの方角を占うことも可能である。問題なのは、春蘭の小さな歩幅では、花街から近い場所にある貧民窟まででも時間がかかりすぎることと、こちらを見つけると目の色を変えて群がってくるごろつきどもの存在だ。蘇啓《そけい》が言っていたことは、誇張でもなんでもなかったらしい。

はじめは、直接こちらに接触はせず、一定の距離を保って尾行し続ける。そして、春蘭が人気のない路地に入った瞬間、待ってましたとばかりに周囲を取り囲むのだ。春蘭を捕まえて、人買いに売ろうというのだろう。

その度に、春蘭は辟易して溜息をつきながら白桃を呼び出す。男達は顔を真っ青にして、我先にと逃げ去って行くのだが、しばらく歩けばまた似たような出来事が繰り返される。これでは夕刻までに戻れるかも怪《あや》しい。いっそのこと、白桃に跨《また》ってしまおうかと、そんな考えまで脳裏を過った。

周囲に立ち並ぶ建物は、歩みを進めるにつれじょじょに荒ら屋に変わっていく。はじめは簡素ながらも人が住める風体をした家屋が多かったのだが、ある地点を境に、朽《く》ち果《は》てた屋《や》根瓦《ねがわら》や、壁が崩壊して素地が露出しているものが大半の、まさに荒ら屋と呼ぶに相応《ふさわ》しいものが立ち並ぶようになった。

風の吹き溜まりでもないのに、辺りには食べ物が腐ったような臭いが充満している。それに混じるようにして、明らかに強烈な臭いを発している箇所があった。春蘭は強く拳《こぶし》を握り締める。病で亡くなった者の死体が、そのままになっているのだ。

通常、流行り病で亡くなった者達の遺体は、土葬ではなく火葬される。腐敗した死体は、また新たなる病を呼び込むからだ。しかし、貧民窟では葬ってくれる家族や縁者もなく、遺体はそのまま放置されているのだろう。

両脇の家屋は、もはや雨風を防ぐことができぬほど朽ち果てている。大路《たいろ》の両脇に立ち並んでいるような店や、よい匂いを漂わせる屋台などは影も形もない。同じなのは澄みわたった青い空と、そこに輝く太陽の二つだけ。死肉に目敏い鴉《からす》の鳴き声すら聞こえない。

これが、貧民窟――華安《かあん》の影。

もしも華安に守り神がいるのだとすれば、この光景をいったいどんな気持ちで見ているのだろうか。

「……考えるだけ無駄か」

ぽつりと呟いて、春蘭は水神盤を取り出した。病が蔓延する一因となっているのは、地脈の乱れではないのか、と春蘭は推測した。地脈が乱れているということはすなわち、守り神が不在または弱ってきているということだ。

「さて、調べるか」

水神盤は占具だが、気が正常に流れているかどうかを調べることもできる。水神盤を使用した占は、地脈を流れる気が不安定であれば、物事を正しく読み取れない。そのため、事前に気の流れを調べておくことも重要とされた。

もっとも、地脈が乱れることなど滅多にないため、それらの手順は春蘭が占を学ぶ頃には形骸化していたのだが。

「この遣いかたも久し振りだな」

水神盤を地面に置き、玉の部分に掌で触れる。いつもはそこに気を注ぐのだが、今回は逆だ。地脈の流れを、玉を通して感じるのである。

「ふむ……。これは思った以上に乱れているな」

地脈は、人の体に流れる血液に似ている。健康な者ほど、その流れは正常だ。しかし、一《ひと》度《たび》その流れが乱れれば、多大な影響を及ぼす。華安に蔓延しはじめた病のように。水神盤についた汚れを上衣の袖で拭き、懐へと戻した。貧民窟を流れる地脈は予想以上に乱れたものだった。

全域を調べたわけではないが、病が蔓延している貧民窟の現状から見れば、乱れは広範囲にわたっていることが推測される。さらに放置されたそれは、じょじょに他の正常な地脈をも侵食する。花街の辺りはまだ大丈夫だが、それもいつまで持つか。むしろ貧民窟に近いことを考えれば、数日中にもあの一帯の地脈にも影響が出はじめるだろう。

　春蘭の眉間に皺が刻まれた。地脈に問題があることはよく理解できた。しかし、わかったところで春蘭にはなにもできないのが現状だ。流行り病が華安に蔓延していくのを、ただ見ているしかない。

「……戻るか」

　いつまでもここに留まっていても意味はない。踵《きびす》を返そうとした春蘭だったが、背後に感じた気配に思わず目を細めた。

「何者だ」

　白桃が姿をあらわさないということは、春蘭に対して害意を持っていない証拠だ。だからといって、場所が場所だけに緊張を解くことはしないが、春蘭は余裕を持って振り返った。しかし、視界に入ったのは予想外の人物だった。

「祥琳《しょうりん》！」

　春蘭は驚きに声をあげた。強張った表情を浮かべた少女は、涙ぐみながら春蘭を睨んだ。

「心配、したんだよ！」

「……すまなかった。だが、なぜぬしがここにいるのだ」

　春蘭は混乱していた。妓女はなにがあっても、無断で妓楼から出てはいけない。発覚すれば、見習いとはいえ厳しい罰を言い渡されるだろう。祥琳がそれを知らないはずがない。承知のうえでついて来たというのならば、無謀《むぼう》としか言いようがなかった。

「外は危ないって言われてるのに、春蘭がこっそりどこかに行くから……連れ戻さなきゃって」

「私とぬしとでは、立場が違うのだ。見つかって咎めを受けるのはぬしだぞ」

「わかってるよ。でも……春蘭が危ない目に遭うんじゃないかって思ったら、じっとしてられなくて……」

もう少し周囲に気を配るべきだったか、と春蘭は自身を責めた。祥琳をここまで連れてきてしまったのは、春蘭の落ち度だ。誰にも気づかれずに妓楼へ戻ることができればいいが、見つかったら最後、祥琳には厳しい罰が言い渡されるだろう。いくら祥琳を可愛がっていても、蟬英は楼主として公平な処断を下すはずだ。

「本当にすまなかった」

「そんなに落ち込まなくても……」

「いや、ぬしを巻き込んでしまった」

「春蘭は気にしなくていいよ。私が勝手に追いかけただけだから」

「そういうわけにもいかぬ」

ただ、できるならば春蘭が妓楼から抜け出した際に声をかけてくれればよかった。貧民窟へ行けなかったかもしれないが、少なくとも祥琳をここまで引き連れて来ることはなかっただろう。

そこまで考えて、春蘭はふとあることに気づいた。

「……しかし、ぬしはよくここまで無事だったな。かどわかしに遭わなかったのか？」

「うん。春蘭のあとをついて来たら平気だったよ。でも、なにをしたの？　怖い顔の男の人達が、脇道からものすごい悲鳴をあげて走って行ったけど」

どうやら、白桃の姿までは見ていないようだ。説明する手間は省けたが、今度は春蘭が責めるような眼差しで祥琳を睨む番だった。

「なぜ、もっと早く私に声をかけなかった？　妓楼を出てから、呼び止める機会はいくらでもあったはずだぞ」

「そ、それは……」

痛いところを突かれたのか、祥琳は急に言葉を濁した。春蘭を心配したというのは本当だろう。だが、他にもあとをつけて来た理由があるようだ。

「だって、春蘭が貧民窟に向かってるみたいだったから」

「貧民窟……そうか、確かぬしの知りあいがいるのだったな」

祥琳は目を伏せながら小さく頷いた。

「会えるわけないけど、でも、もしかしたらって思って。ごめんなさい……」

「まったく。ぬしも人のことは言えぬぞ」

嘆息する春蘭に、祥琳はますます体を縮こまらせた。言いたいことはまだあるが、いつまでもここに留まってはいられない。春蘭だけでなく、祥琳の姿まで見えないとなれば気づく者がいるかもしれない。

「とりあえず、妓楼に戻るぞ――」

それは唐突だった。不意に右腕を掴まれた春蘭は、強い力に引っ張りあげられてしまう。

「騒ぐんじゃない」

春蘭を小脇に抱えたのは、薄汚れた格好の男だった。こけた頬や、病的なまでに落ち窪《くぼ》んだ目。春蘭を持つ腕は枯れ木のように痩せ細っていた。歳がいっているようにも見えるが、外見からではいまいち判断がつかない。先ほどの声もしゃがれ切っていて、老人といわれても納得してしまいそうだ。

男は細い肩で荒い息をつきながら、右腕に春蘭を抱え、左腕で祥琳の手首を掴むと、勢いよく脇道に飛び込んだ。人一人すれ違うことも難しい路地で、男は息を潜《ひそ》めるようにして蹲った。春蘭と祥琳は通りから見えないように、男の陰に押し込められる。

白桃が出て来ないということは、この男は春蘭達にとって安全であるという証拠だ。驚いて悲鳴をあげようとした祥琳の口を両手で塞いで、男は落ち着くようにと目で合図する。春蘭達が黙って陰に身を潜めていると、大通りに人の集まる気配がした。

「くそっ、どこに行った！」

「どこにもいねぇぞ！」

「だからこんな場所に、身形《みなり》のいい餓鬼《がき》なんざいるわけがねぇんだよ」

「しかも女だろ？　幻でも見たんじゃねぇか？」

「見間違いじゃねぇよ！　確かに、十くらいの餓鬼がうろついてたんだ！」

「てめぇ、嘘だったらただじゃおかねぇぞ」

しばらく怒鳴り声や言い争う音が響き、やがて、それらは足音とともに春蘭達のいる場所からじょじょに遠ざかって行った。どうやら、病が蔓延している貧民窟でも、元気な者は多いらしい。

「はぁ……。見つからずにすんだ……」

安堵の息を吐く男を、春蘭は改めて見上げた。

「助けてもらったことには礼を言う。だが、なぜ私達を助けた？」

「お嬢ちゃん達は、なんでこんなとこにいるんだ。迷子か？」

「違うぞ」

否定すると、未だに通りを警戒するように見やりながら、男は困ったように頭を掻《か》いた。

「もののわからぬ歳ではないだろ。ここがどういうとこか、わかってるのかい？」

「うむ。調べたいことがあって、ここまで来たのだ。むろん、先ほどのような輩《やから》にも嫌になるほど絡まれたが、護衛を連れているので平気だ」

「ああ、じゃあその人と逸《はぐ》れたのか」

そうではないのだが、その護衛が大虎だと言っても信じてはくれないだろう。実物を見せてもいいが、驚かれて逃げられるのがおちだ。

「ぬしは、先ほどの者達とは違うのだな」

「生憎《あいにく》と、そこまで落ちたつもりはないよ」

男は自嘲するように笑んだ。

のどが痛むのか、ときおり首をさするような仕草をする。

「さて、護衛の人とはどこで逸れたんだい？」

「いや、そういうわけではないのだが……」

春蘭は未だに男を警戒している祥琳を一瞥した。

「できれば送って行ってあげたいけど、さっきの奴らに見つかるとこっちも危ないんだ。どうにかして、その人を見つけたほうがよさそうだ」

春蘭達だけでここまで来られるはずがないと、頭から決めてかかっている男は、逸れたと決めつけている護衛を捜す算段をはじめる。ここは適当にはぐらかして、さっさと妓楼に戻るのが得策だろう。春蘭がそう決断を下した時だった。

「おいっ、いたぞ！」

通りに目を向ければ、そこには下卑《げび》た笑みを浮かべる男の姿があった。立ち去ったと思ったのだが、根気強くこの辺りを捜していたらしい。

「ま、まずいっ」

男が春蘭達の手を引いて立ち上がろうとする。だが、そうはさせまいと、通りにいた男が飛び掛かってくる。白桃を呼ぼうと口を開きかけた瞬間、通りにいた男が勢いよく吹っ飛んだ。

「ぐふっ！」

啞然としていると、通りからは荒々しい怒号と、悲鳴、複数の者達が争うような音が響いてくる。これはいったいどうしたものかと、春蘭は自分を助けてくれた男と顔を見あわせた。

ちなみに祥琳は、怖ろしさのあまり蹲るようにして震えていた。

「とりあえず、様子を見てみるか？」

「いや、仲間割れかもしれない。今のうちに逃げよう。こっちに抜け道が――」

絶好の機会とばかりに、男は脇道の奥に向かうべく春蘭達を促した。男に腕を摑まれながらも春蘭が通りを気にしていると、聞き覚えのある声が耳に響いた。

「おーい、お前ら！　無事かー？」

今まで怯えていた祥琳も、驚いたように顔を上げた。通りに出て見れば、そこには柄の長い棍《こん》を持った蘇啓の姿がある。足許には、先ほど通りで春蘭を捜していた男達が、重なりあうようにして倒れていた。

「蘇啓、なぜぬしがここにいる」

「それは、こっちの台詞なんだがなぁ。とりあえず、後ろの奴はこいつらの仲間か？」

「ひいっ」

蘇啓が獰猛《どうもう》な笑みを向ければ、春蘭達を追って脇道から出てきた男が顔を真っ青にして悲鳴をあげた。

「いや、彼は私達を助けてくれたのだ。敵ではない」

「へぇ。貧民窟にも、そんなお人好しがいるのかい。案外、恩を着せて売り飛ばそうっていう算段なんじゃねぇのか？」

「それはない」

　白桃のこともあるが、春蘭達を攫おうとしていたのならば、護衛の者を捜すはずがない。

「正真正銘、ただのお人好しだ」

「いや……それもちょっと」

　春蘭の言葉に、男はがっくりと肩を落とす。しかし、これほどこの男を的確に表現する言葉もないだろう。男達に見つかった時ですら、春蘭達を見捨てずともに逃げようとしたのだから。

「お嬢ちゃん、この人が護衛さんなんだね。見つかってよかった」

「あん？　俺は護衛じゃなくて門番だぞ？」

　いまいち話が嚙みあっていないのだが、男は見るからに屈強な蘇啓を春蘭の護衛と勘違いしているようだ。

「ところで、なぜぬしがここにいるのだ？」

「祥琳が妓楼を出てくとこを見たんだよ。連れ戻そうと思って追い掛けて来たんだが、途中で見失っちまってな」

　春蘭の後を祥琳が、その後を蘇啓が追うという展開だったのか。どうやら、まだ蝉英にはばれていないらしい。春蘭は安堵の息を吐いた。

「蘇啓。すまぬがこのことは……」

「わかってるよ。うちの楼主様はおっかねぇからな。祥琳も逃げようとしたわけじゃねぇし、見なかったことにしてやるよ。それに、下手すりゃ阻止できなかった俺も連座させられちまうしな」

その言葉に顔を真っ青にしたのは祥琳である。春蘭は、妓楼から出てもなんの罪にも問われない。それを蘇啓が見逃してしまったとしても、春蘭さえ無事ならば叱責程度で終わるだろう。

しかし、それが妓女見習いともなれば話は別だ。逃げるつもりはなかったと主張しても、それを見逃してしまった蘇啓もなんらかの罪に問われてしまうだろう。

「ご、ごめんなさい。私っ……」

そこまで深く考えていなかった、と祥琳は涙ながらに謝罪する。

「どうせそんなことだろうと思ったさ」

黙ってりゃわかんねぇだろ、と蘇啓はあっけらかんとした態度で言い放つ。確かに、疫への対応に追われている蟬英が、春蘭達の不在に気づく可能性は低い。

「さて、言い訳は妓楼に戻ってからじっくり聞くとして、そろそろ戻るぞ。人数で来られたら、さすがの俺もやばいからな」

棍を片手に、蘇啓は周囲を警戒するように見回す。一人ならばまだしも、春蘭と祥琳を守りながらでは行動が制限されてしまうのだろう。

　いざとなれば白桃を出せば問題はないが、それはそれで説明が面倒なため、余計な揉め事は起こらないほうがいい。妓楼へと戻る前に、改めて助けてくれた男へ礼を告げようとした時だった。顔を上げれば、そこには祥琳を凝視《ぎょうし》したまま静かに涙を零す男の姿があった。

「どうかしたのか？」

「い、いや、なんでもないよ……」

　春蘭の声に、はっと我に返った男は、慌てたように首を横に振った。そして、妙にそわそわとした様子で、春蘭に笑い掛ける。

「帰りは気をつけて。もう、絶対にここへ来るんじゃないぞ」

　最後の台詞を強調するように告げ、男は春蘭達の前から立ち去ろうとした。しかし、それを呼び止める声があがる。

「……守真《しゅしん》？　もしかして、守真なの？」

　男の体が不自然に震える。祥琳はなにかに気づいたかのように、去ろうとした男の腕を摑み必死で訴えた。

「守真なんでしょ？」

「……お嬢さんの人違いです」

「うそっ。さっきは怖くて気づかなかったけど、今はちゃんとわかる」

「手を放してください。ここにずっといるんです。病でもうつったら大変ですよ」

　男は困惑した様子で、祥琳を引き離そうとするが、腕を抱え込むようにして摑まれているため、それも叶わないらしい。救いを求めるような眼差しを向けられ、春蘭は溜息をついた。

「祥琳、落ち着くのだ。もしかして、以前にぬしが言っていた貧民窟に住む知りあいというのは、この者のことなのか？」

「うん。間違いない。痩せてて声もがらがらだけど、でも私が守真を見間違えるはずないもの」

「私は何度も違うと言って……」

「違わない！　どうして、そんなこと言うの？」

否定され、祥琳はさらにむきになっているようだ。涙を零しながら、必死になって言い募る。

「怒ったりしてごめんなさいっ。私、春蘭に言われるまで自分ばっかりが辛いんだって思ってた。でも、屋敷を追われたのは、守真達だって同じなんだって気づいたの。生きるためには、私のことなんて気にしていられないんだって。だから、私に守真達を怒る権利なんてなかったの！」

ごめんなさい、と祥琳は精一杯の気持ちを込めるようにして告げる。男はそれに、困ったような、でも、安堵するような表情で答えた。

「私は守真なんて男じゃありませんが、きっとそう言ってもらってその人も嬉しいと思いますよ」

「どうして認めてくれないのっ」

このままでは無意味な押し問答が続きそうだ。溜息をついた春蘭は、仲裁するべく口を開いた。

「否定しているところを悪いが、そろそろ認めてやってくれ。祥琳がかわいそうだ」

「だから、私は違うと――」

「守真とやら。気づいていないかもしれぬが、ぬしは祥琳と話す時だけ敬語になっているのだ。習慣とは馬鹿にできぬな」

春蘭の指摘に、男――守真はしまったという表情を浮かべた。本当に自分では気づいていなかったのだろう。追い打ちをかけるようにして、今まで傍観していた蘇啓が口を挟んでくる。

「大方、祥琳に迷惑をかけまいとしたんだろうよ。こいつの性格上、ここに置いておくわけにはいかないって言い張るだろうからな」

「ああ、なるほど。そういうことか」

核心を突かれ、守真の顔が引き攣《つ》ったように歪む。祥琳のことをよくわかっているからこそ、あえて他人の振りをしていたらしい。

「守真、そうなの？」

「……犬猫じゃないんですから、むりですよ、お嬢様」

「お嬢さん」が「お嬢様」へと変化する。己を偽ることを諦めたようだ。

「まさか、助けた子がお嬢様だったなんて……。見違えるくらいきれいになりましたね。気を張ってたこともありますが、私のほうが名前を呼ばれるまで気づきませんでした」

　ですが、と守真は続ける。

「お嬢様の迷惑になるようなことはできません。廟客《びょうきゃく》なんて死んでもごめんですよ」

きっぱりとした口調だった。黄海楼にはいないが、他の妓楼には、廟客と呼ばれ妓女に養ってもらっている男もいるそうだ。

「でも、ここにいたら」

「大丈夫。今まで病にも罹らず、暮らしてこられたんです。お嬢様の無事をこうして自分の目で確認できたのですから、それを励みにまた明日から頑張れます」

　守真は満面の笑みを浮かべて見せる。しかし、誰が見ても祥琳を諦めさせるための嘘としか思えない。さて、どうしたものかと春蘭が考え込んでいると、面倒臭そうな口調で蘇啓が告げた。

「ったく、しかたねぇ奴らだな。祥琳、いいからそいつを引き摺ってこい。逃げられたくなかったら、意地でも放すんじゃねぇぞ」

「ちょっと、私は行かないとあれほど……」

「いつまでも、うだうだやってる暇はねぇんだよ。うちなら、一人くらいどうにかなんだろ」

　唖然とした様子の守真とは裏腹に、祥琳は涙を零しながら嬉しげな笑みを浮かべた。よほどここに守真を残していくことが嫌だったのだろう。

「勝手に決めてよいのか？」

「病に罹ってんなら、追い出せばいいだけの話だ。それにな、これから嫌ってほど人手が必要になる。身元がはっきりしてんなら、問題ねえだろ」

「あのね、守真はものすごく頭がいいの。将来はうちの家令になる予定だったんだよ」

涙を拭いた祥琳は、必死に守真のよさを熱弁する。蘇啓は過去の経歴にあまり興味がないのか、「家僕だったほうが、使い勝手がいいんだがなぁ」と難しい顔をした。

「とりあえず、妓楼に戻るぞ。そいつのことは、責任は持てねぇができる限りなんとかしてやる」

　そう言いつつも面倒見のいい蘇啓のことだ、なんとかして黄海楼で雇ってもらえるように直談判してくれるだろう。

「本当にいいんですか……？」

　困惑する守真に、蘇啓は軽く舌打ちする。

「おどおどすんじゃねぇ。感謝なら、祥琳にしな。それに飯を食わせてやるぶん、しっかりと働いてもらうからな」

「は、はいっ」

「んじゃ、いい加減に行くぞ」

　そう告げるなり、蘇啓は片腕で春蘭を抱えあげた。問うようにすぐ傍にある顔を見れば、

「お前さんの足じゃ、日暮れになっちまうからな」と、獰猛な笑みを浮かべる。

「すまぬ」

「まったくだ。仕事をさぼったのがばれたら、一蓮托生《たくしょう》だぞ」

　文句を言うが、蘇啓の口元は笑っている。背後では、守真と手を繋いだ祥琳が同じように満面の笑みを見せていた。

「守真のことを捜したくても方法がなくて、ずっと心配してたんだよ。姐さん達に訊いてみたら、そういう人達は貧民窟に行くんだって言われて。だから、もしかしたら守真もここにいるんじゃないかって思ってたの」

「私も心配でしたよ。世間知らずのお嬢様が、どこでなにをしているのか不安でしかたありませんでした。それでも、最近になって花街の妓楼にいると聞いて、少しは安心していたんです」

「誰に聞いたの？」

「貧民窟には、そういった情報を集めることに長けた人物がいるんです。病が流行るようになったせいで、結果を訊きに行くことはできませんでしたが、日雇いの仕事で知りあった方が、伝言を頼まれたと、わざわざ私のねぐらまでやってきて教えてくれましてね。お嬢様がどこにいるかだけ、知ることができたんです」

　そう告げた守真の表情は、なぜか悲しげに歪められていた。

「……関《かん》という人でした。体調を崩した私を心配して、なけなしの食べ物を譲ってくれるくらいよい人で。あれがなければ、私はここにこうしていなかったかもしれません」

守真の口調から、関という男はすでに故人となっていることが察せられた。病に倒れたのか、それともいざこざに巻き込まれて命を落としたのか。どちらにせよ、守真は知人の死を深く悼《いた》んでいるようだ。

「ああ、そうだ。申し遅れました。私は、徐《じょ》守真と申します。お嬢様の生家に仕えておりました」

春蘭と蘇啓に向かい、守真は思い出したように名を告げた。

「私は春蘭だ。妓女ではないが、祥琳には世話になっている。こっちは蘇啓といって、妓楼の警固をしている」

ついでみたいに紹介してんじゃねぇよ、と蘇啓がぼやく。それに、守真は柔らかな笑みを浮かべながら、先ほどのように静かに涙を零す。安堵からか、それとも祥琳の側にいることができる喜びか。貧民窟を出たあとも、守真の涙は止まることはなかった。

昼を大幅に過ぎてから妓楼へと戻った春蘭の予想通り、妓楼で働く者達は病人の看病に追われていた。妓女達を隔離してはいるが、病を完全に防げるわけではない。また、下働きの者達の中にも倒れる者が少なくなく、必然的に妓女も病人の看病に駆り出されることが多くなった。

守真は蘇啓の紹介ということもあり、下働きとして雇用されることになった。極限まで痩せ細った体でどこまで働けるか危ぶまれたが、祥琳の側にいられるということが大きかったのだろう。どんな仕事を言いつけられても嫌な顔一つせず、病人の看護ですら率先して行うほどだった。

そして、二日をすぎた時のこと。

蟬英に呼び出された春蘭は、鄭《てい》家に戻るよう命じられたのだった。

「……どういうことだ」

「そのままの意味だよ。うちはもう病が収まるまで営業はできない。占師として働けないあんたの面倒を見てやる余裕はないんだよ」

広い楼主の私室で、いつものように煙管を燻《くゆ》らせた蟬英は、春蘭を見もせずにそう言い放った。確かに、妓女でもない春蘭を置いておく利点はない。下働きの者達のように、明確な仕事があるわけでもない春蘭は、他の妓女達に交じり病人の看病に勤しんでいたが、手が足りていると言われてしまえばそれまでだった。

「それに、前に言っただろ。あんたになにかあって韓の旦那に責められるのはこっちなんだ。ただでさえ忙しいってのに、これ以上の面倒事はごめんだよ。俥は出してやるから、今日のうちに出てっておくれ」

久し振りに顔をあわせた蟬英は、過労からここ数日の間にずいぶんと痩せてしまっていた。

「だが、今日もまた病に倒れる者が出たのだ。今は平気でも、いずれ人手が足りなくなる」

「あんたが心配することじゃないよ」

突き放すような蟬英の物言いに、春蘭は奥歯を嚙み締めた。

言われていることが正論だとはわかる。だが、この現状で妓楼を離れることに抵抗を覚えているのも事実だった。

「しかし……」

「蒼羽《そうう》、連れて行きな」

　側に控えていた蒼羽は、春蘭の手を取って立たせると、有無を言わせずに部屋から連れ出した。

「せめて祥琳に会わせてくれ。なにも言わずにここを去ることはできぬ」

　だが、春蘭の手を引く蒼羽は、首を横に振った。あくまでも蟬英の命に忠実に従うつもりのようだ。春蘭が逃げないようにと、手に力が加わる。相手は子供だが、蒼羽よりも体格の劣る春蘭が敵《かな》うはずもなかった。

　せめて、祥琳を見つけることができればと、歩きながら周囲を見回すが、倒れた妓女達の看病に回っているせいか、顔見知りの者すら捕まえることはできなかった。

　そうこうしている間にも、春蘭はいつも出入りしている裏口の前へと連れて来られてしまった。外を見れば俥の用意は整っていないようで、見張り番の男が気だるそうに立っているだけだった。せめてそれが蘇啓であったなら、と春蘭は嘆息する。伝言することすら叶わないらしい。

「のう、蒼羽。できるならば、祥琳にすまぬと伝えてはもらえぬか？」

じっと春蘭を見下ろしていた蒼羽は、それに小さく頷いた。言葉を喋ることのできない蒼羽を困らせるかもしれないと思ったが、そう告げずにはいられなかった。やがて、蟬英が手配した俥が裏口へと横づけされる。俯いていると、春蘭の頭に蒼羽の手が置かれた。見上げれば、珍しく憂いを帯びたような表情を浮かべる少年の姿がある。

「……大丈夫だ。蟬英が、私を心配してああ言ったことくらい気づいている」

本来ならば、人手はのどから手が出るくらい欲しいはずだ。だが、病が蔓延している妓楼で働きたいと思う者は少ない。また、下働きを雇用するにしても、身元がはっきりしない者を雇い入れることは難しいだろう。

「私は妓楼を出ても住む場所がある。働かなくても、食べていくことはできる——私が蟬英でも、同じことをした」

いくら病に罹ることはないと力説しても、蟬英は信じないだろう。今の春蘭は傍目には子供でしかないのだから。だが、口惜しさは残る。

「そろそろ行かねばならぬか」

蟬英がまっすぐ裏口に向かうように指示したのは、春蘭の気持ちが鈍るのを懸念したこともあるが、妓楼を出て安全な場所に行くことを快く思わぬ者達もいるからだろう。春蘭が誰にも責められぬようにと、配慮してくれたのかもしれない。

「蒼羽。ぬしも気をつけるのだぞ」

俥に乗れば、すぐに動きはじめる。別れはあまりにも唐突だった。楼主の部屋に呼ばれた際、祥琳には用を聞いたら戻ると言ったのに。未だに意識の戻らない紅燕も心配だった。朝から具合が悪そうな様子で働いていた月儀《げつぎ》も。

わかっているのだ。自分がどれほど無力な存在であるか。守り神から人に戻ってしまった春蘭には、疫を祓うほどの力はない。たとえ春蘭が守り神として力を振るうことが可能でも、華安はあまりにも広い。

地方の邑《むら》を守護していただけの春蘭には、広範囲にわたり乱れた地脈を正常に戻すことなどできなかった。しかたのないことだと、諦めてしまえば楽になれるのだろう。守り神であった時ならば、己の力の及ばぬことに対してそのように考えていた。神とて、けっして万能ではないのだと。

人には常に平等であり、一人の人として捉えたことは一度としてなかった。誰が死のうとも、それは自然の摂理であり、必要を越えた干渉は守り神としてあるまじき行為だという思いがあった。だが、胸の奥から込みあげてくる感情を堪えることはできない。それは、悔しさであり、悲しみであり、なによりも無力な自分に対する怒りだった。

守り神であった時には、一度として感じたことのない気持ち——これが、人というものなのかと、頬を伝う雫《しずく》を感じながら思う。

春蘭が優先すべきは、真名を取り戻すことであり、自身が守護する邑人の安寧だ。しかし、脳裏を過るのは、妓楼で暮らす者達のことである。

俥に揺られながら、春蘭は収拾のつかない感情を持て余すしかなかったのだった。

気づいた時にはすでに鄭家の門前に俥が横づけされており、気難しそうな御者からさっさと降りるように促された。

門前に立てば、用は済んだとばかりに砂埃《すなぼこり》をあげながら俥は走り去っていく。それを見送った春蘭は、とりあえず帰宅を告げるべく屋敷へと向かった。

「誰かおるか」

声をかけるが、返答はない。屋敷の中はがらんとしており、いつも以上に人の気配は感じられなかった。

それでも廊下を奥へと進めば、逆に騒がしげな声が響いてきた。おそらく、仲望《ちゅうぼう》がいつもくつろいでいる居間にいるのだろう。仲望と顔をあわせることに躊躇いはあるが、今は騒いでいる理由のほうが気になった。房室へと近づけば、室内から久し振りとなる韓楊秀《ようしゅう》の声が聞こえた。

ちょうどよかった。これで蟬英がずっと気にしていた、朝廷の疫への対応を知ることができる。しかし、足早に楊秀の許へと向かった春蘭が耳にしたのは、悲痛な叫びだった。

「なぜだ。なぜ、陛下は……！」

円座に座り深く項垂《うなだ》れた楊秀の隣には、友人を慰《なぐさ》めるように肩に手を置く仲望の姿もあった。啓璋《けいしょう》と友寧《ゆうねい》は、真っ青な顔で戸口のところに立ちつくしている。いったいなにがあったのかと、春蘭は急いで啓璋達の許へと向かった。

「啓璋、友寧。どうかしたのか？」

「あ、春蘭！　よかった、戻ってきたんだね」

　春蘭を見るなり、友寧は安堵の表情を浮かべる。見れば啓璋も似たような顔をしていた。

「楊秀は、なにを嘆いておるのだ？」

「それが……」

「なあ？」

「うん……」

　友寧と啓璋は互いの顔を見あわせ、言葉を濁した。二人の反応に困惑した春蘭は、訝りながらも室内に足を踏み入れる。それに気づいた仲望が、こちらに視線を向けた。

「ああ……お帰り、春蘭」

「うむ。楊秀はどうしたのだ？」

　この男が、これほどまでに落ち込むのだ、よほどのことがあったに違いない。

「……今朝方、禁軍に勅旨が下されたそうだ」

「禁軍に？」

　疫を発端にしての混乱が華安に拡がっている中、禁軍が動くとすれば、街の治安を護るためだろうか。しかし、仲望からもたらされた言葉は、予想外のものだった。

「貧民窟及び、流行り病が蔓延している地域を……焼き払うように、と」

「なぜ、そのようなことを！」

　春蘭は思わず叫んだ。そして、衝動のままに言葉を続ける。

「動ける者ならばまだ逃げることもできるが、病に罹って寝たきりの者はどうするのだ。まさか、その者達も焼き払ってしまうというのか？」

「それをもって、流行り病への対応策とするそうだ」

「……弱者は切り捨てるということか」

　返答はない。湧き上がる怒りを感じながらも、春蘭はある疑問に口を開いた。

「ならば、なぜ楊秀がここにいる？　仕事を放棄してきたのか？」

　勅命が下されたのならば、禁軍の将である楊秀は采配《さいはい》を振る立場にある。このようなところで、嘆いている暇はないだろう。

「蟄居《ちっきょ》を命じられたんだよ。勅旨を撤回してほしいと、陛下に上訴したそうだ」

「よくそれで済んだな」

　焼き打ちを命じるような男だ、刃向かう者は容赦なく切り捨てそうなものなのに。

「さすがに楊秀と同じような行動を取った官吏が多かったからね」

「なるほど」

　全員を罰するには人数が多く、結果、蟄居という形が取られたようだ。しかし、と春蘭は唇を噛み締める。疫が蔓延している地域に、花街が含まれるのだとすれば――。

「宮中は混乱している」

呟いたのは楊秀だった。憔悴《しょうすい》し切った様子で、春蘭を見る瞳からはいつもの覇気《はき》が失われている。

「面と向かって口にする者はいないが、誰もが事前になんの相談もなく、強硬手段に出られた陛下への不満を燻らせている。それに、黎貴妃《れいきひ》様への非難も――」

「黎貴妃？」

唐突に告げられた名に、春蘭は眉を寄せた。黎貴妃は、攫猿《かくえん》の騒動がきっかけでわずかではあるが言葉を交わしたことのある相手だ。むろん、それを知る者は、この場にはいないが。

「私のせいなのだ……他意はなかったとはいえ、結果的にあの方に迷惑をかけてしまう破目に」

「どういう意味だ？」

なぜ、禁軍の将軍である楊秀が、黎貴妃への批判を自分のせいだと苦慮しているのか。仲望を見れば、春蘭と同じように訝しげな表情を浮かべていた。

「黎貴妃様に面会し、流行り病への対策をしていただけるよう、陛下に嘆願していただけないかとお願いしたのだ。勅旨が下されたのは、その翌日のことだ。おそらく、あの場にいた者の誰かが口を滑らせたのだと思うが、宮中では黎貴妃様が焼き打ちを提案したのではと、もっぱらの噂だ」

春蘭の記憶にある黎貴妃は、美しくも儚《はかな》い女性《にょしょう》だった。

自身の境遇を恨み、復讐のために嫣然《えんぜん》と微笑みながらも、心内では静かに涙を零しているような印象を受けた。彼女が報復の一環として、焼き打ちを進言した可能性は捨て切れない。だが、自身の子を立太子するために卑怯《ひきょう》な手段は用いても、無関係な弱者を進んで迫害するようには見えなかった。

「おそらく、陛下は以前より計画されていたはずだ。いくら寵妃とはいえ、他者の嘆願で禁軍全体を動かす方ではない」

「それは、そうだろうな」

仲望が苦笑しながら、同意するように頷いた。

「俺は話に聞いたことがあるだけだが、楊秀は陛下が帝位に就かれる以前、ともに禁軍で肩を並べていた時期があったからね」

「そういえば、皇帝は禁軍の出であったな」

禁軍に所属していた際は、他者の追随を許さぬほどずば抜けた実力の持ち主だったと聞いている。楊秀は複雑な表情を浮かべ、自らが仕える主について語り出した。

「地方で小競りあいが起こった時のことだ。進軍の順列から遅れた小隊が、賊軍に囲まれたという報せが入った。それをあの方は、容赦なく切り捨てた。弱者は軍にはいらぬ、とおっしゃられて。今回も同じだ。病に倒れた者は、あの方にとって手を差し伸べる必要もない〝弱者〟に当てはまるのだろう」

弱者か、と春蘭は呟いた。守り神としてある意味、皇帝に近い場所にいた春蘭は、苛烈とも取れる判断を理解することはできた。

頂点に立つ者は、時として大勢を守るために少数を切り捨てなければならない時がある。春蘭も守り神としてそのような場面に立たされたならば、迷わずに決断を下すだろう。だがそれでも、取りうる手段をすべて試したうえでのことだ。いきなり焼き打ちという極端な判断は、あまりにも短絡的すぎる。

「のう、楊秀。禁軍はいつ動くのだ？」

さすがに、今すぐというわけにはいかないだろう。焼き打ちするための手配や、疫が蔓延している場所以外に火が回らぬように配慮する必要がある。皇帝も、華安全土を焼け野原にしたいわけではないだろう。

「四日後だ。私の他にも、二人の将軍が上訴し蟄居を命じられた。しかし、指示を出す者は他にもいる。四日後には、間違いなく大規模な焼き打ちが決行される」

「……もしも、その間に流行り病が鎮まる気配があったとしたら、勅旨は取り下げられるだろうか？」

春蘭の問いに、楊秀は自嘲的な笑みを浮かべながら頷いた。

「もちろんだ。陛下は無意味なことを嫌う。だが、ここまで蔓延したものが、自然と鎮まるはずがない。手遅れだ」

「一つだけ方法がある」

必ず流行り病を終息させられると、断言することはできない。しかし、なにもせずに手を拱《こまね》いているよりはましだ。

「華安の守り神を訪ねてみようと思う」

「守り神？」

「建国の際、龍天山《りゅうてんざん》に祀られたと聞く。もしもその守り神が健勝ならば、流行り病を祓うことができるやもしれぬ」

　守り神が消滅してしまった可能性はある。また、力が弱まり、すでに守り神としての役目を果たせずにいるかもしれないが、それでも訪れてみるだけの価値はあった。

　それに、春蘭は華安の守り神がいきなり力を失ったことに疑問を抱いていた。もしかして、春蘭と同じようになにかあったのでは、と。春蘭の決意に真っ先に反応したのは、啓璋と友寧だった。

「馬鹿！　そんなの、絶対危ないに決まってんだろ！」

「そうだよ、春蘭。山ってことは、妖《あやかし》が出るかもしれないんだよ。それに、どうして春蘭がそこまでしなくちゃいけないの？」

「お前は、大人しくしてればいいんだ」

「せっかく妓楼から戻って来られたのに……」

　四つの瞳が、春蘭へと向けられる。啓璋と友寧の意見はもっともだが、春蘭にも譲れないものがあった。

「危険は承知のうえだ。止めても無駄だぞ」

　春蘭が白桃という強硬手段に訴えれば、啓璋達は手も足も出ない。卑怯だ、と彼らの視線が物語っているが、春蘭の気持ちは変わらなかった。

「春蘭。それは、勝算があってのことか？」

重苦しい雰囲気を纏った楊秀は、苦悩を滲ませた表情でそう訊ねてきた。

「断言はできぬ。だが、それ以外の方法が思い浮かばぬのだ。それにな、楊秀。嘆いていても、なにもはじまらぬ。そんな暇があるのならば、蟄居を命じられたことを利用して、犠牲となる者達を一人でも多く救うべく行動しろ」

韓家の当主である楊秀ならば、できることはたくさんあるだろう。こんなところで燻っている場合ではない。

「まかせろなどと、大層なことは言えぬ。だが、最後まで足掻いてみようと思う」

脳裏を過るのは、妓楼で暮らす者達のことだ。病人の看病に追われている者もいれば、体を蝕む病と闘っている者もいる。それに、花《か》家や、啓璋、友寧ら華安で知りあった者達も、流行り病が終息しない限り安穏とはしていられないだろう。

たとえ、春蘭が守り神に戻った時、もう二度と会うことのない相手だとしても。幸せであってほしいと願う気持ちに、嘘偽りはないのだから――。

「私は行くぞ」

春蘭は決意を滲ませた眼差しで、室内の者達を見回す。その中で、仲望だけがなにも口を挟まずに、真剣な眼差しを春蘭へと向けていたのだった。

第八章

西離宮の一室。人払いを済ませた部屋で、黎貴妃《れいきひ》は深い罪悪感に襲われていた。

寝台に顔を伏せ、なぜ、と自問し続ける。

昨日、沸儀《ふつぎ》が禁軍へ勅旨を出した。それはいい。黎貴妃がそうしてほしいと望んだからだ。

しかし、勅旨の内容は、華安《かあん》の警備などという生易しいものではなかった。

――貧民窟及び、流行り病が蔓延している地域の焼き打ち。

暗に流行り病の患者も一緒に燃やしてしまえという意味が込められていた。だが、自分はそんなことを望んだわけではない。

沸儀は、最初から焼き打ちを行うつもりだったのだ。そうでなければ、次の朝に発表されるはずがない。それが黎貴妃の嘆願と被ってしまった。しかし、韓《かん》将軍がどのような理由で自分に面会を求めたのか、あの場にいた口さがない侍女や宦官達から後宮内に噂として広まっているはずだ。

より一層、自分は怖れられるだろう。それ自体はかまわない。むしろ望むところ……。問題なのは、自分を頼ってきた韓将軍がそれを聞いてどう思うかだ。

――嫌われるどころか、憎まれてしまうかもしれない。

そう思うと、なぜか無性に胸が痛んだ。

「黎貴妃様」

侍女の声に、黎貴妃は苛立たしげな声を返した。

「なんの用？　一人にしておいてと、言ったはずでしょう」

「申しわけありません……ですが、管招達《かんしょうたつ》様が謁見の間においでになっておられます」

「それを早く言いなさい！」

寝台から飛び起きて、黎貴妃は立ちあがった。そして、手早く自分の格好を見直す。いくら御簾越しの対面とはいえ、歩いている間に誰と顔をあわせるかわかったものではない。皇帝の寵愛を一身に受ける者として、寸分の隙も見せられなかった。

招達に面会の旨を申し込んだのは、黎貴妃のほうだった。沸儀は、毎日必ず自分の許へ通ってくるわけでもない。

現に、昨夜はいくら待てども、沸儀が西離宮を訪れることはなかった。痺れを切らし、ならばと腹心の部下である招達に文を送ったのだ。

焦りをできるだけ押し殺し、西離宮から出た黎貴妃は、後宮の中央に位置する黄玉宮《おうぎょくきゅう》に向かった。小さな街ほどもある後宮内に自身の宮を持てるのは、皇后を筆頭に四夫人までとされている。それよりも下位の妃妾達は、それぞれの位にあわせ黄玉宮の一室に部屋を持つに留まる。

謁見の間へと向かうためには黄玉宮を通らねばならず、予想通り、自らに向けられた視線には畏怖《いふ》の色が宿っていた。中には敵意の籠もった眼差しもあるが、それは四夫人のすぐ下に位置する者達だろう。

いずれ取って代わる気でいるようだが、公子を産んだ黎貴妃の敵は皇后以外にいない。それも息子である博焚《はくたく》が太子の座を追われれば、その地位は自分のものだ。

黎貴妃は内心の憂いを押し隠し、堂々とした歩みで謁見の間へと入った。御簾の内部は暗く、かなり狭い。涼しい時季ならばまだしも、これが夏にもなると地獄そのものだ。

侍女達が背後に控え、黎貴妃が椅子に腰を下ろす手伝いをする。護衛の宦官達は、すでに配置を終えていた。御簾内は暗いせいもあり、明るい場所にいる面会者の姿をよく見ることができる。黎貴妃は、少し離れた場所に膝をつく招達を見下ろし、言葉を選んでゆっくりと口を開いた。

「突然の呼び出し、申しわけありません」

「お気遣いはご無用です。私にできることであれば、なんなりとお申しつけください」

公子派として親交のある相手だが、味方であると思ったことは一度もない。言うなればこの男は皇帝派なのだ。沸儀が太子を押したのならば、その瞬間に太子派に鞍替《くらが》えする。礼儀正しく振舞っているが、自分に対する忠義心など一欠片も持ちあわせていないだろう。

「禁軍への勅旨の件です。あれを、どうにか取り下げていただくよう陛下にお願いすることはできましょうか？」

「これはおかしなことをおっしゃいますな。そう望んだのは、黎貴妃様だと聞いておりますが」

「あのような対処を望んだわけではありません」

一瞬、声を荒らげそうになった自身を、黎貴妃は必死で抑え込んだ。いくら寵妃の頼みとはいえ、それだけであれほど大胆な行動にでるはずがないと、招達もわかっているだろう。嫌みな相手だ。侍女達には気づかれぬように、黎貴妃は招達を睨《ね》めつけた。

「初耳です。しかし、それが本当ならば、陛下は勅旨を撤回はなさらぬでしょう。他ならぬ、あなた様の頼みだったとしてもです」

やはり、決まっていたことだったのか、と黎貴妃は紅を塗った唇を嚙んだ。この男がそれにどこまでかかわっていたかは不明だが、知っていて禁軍の将軍を自分の許へ向かわせたというならば、皮肉以外のなにものでもない。

「……どうにも、なりませんか」

「はい。弱者は切り捨てるべきというのが、陛下のお考えでもあります。あなた様も、よくおわかりのはず」

唇を強く嚙み過ぎたせいで、口内に鉄の味が広がった。膝のうえで握り締めた手が、怒りに震える。弱者を切り捨てた結果が、この国の状況であることになぜ沸儀は気づけないのか。

このままでは、いずれ華国《かこく》は滅びるだろう。復讐を誓った黎貴妃にしてみれば、望むべきことであったが、犠牲となる民のことを思うと胸が痛んだ。相反する感情は、未だ黎貴妃の心を苦しめ続けている。

「黎貴妃様。お力になれずに心苦しいのですが……会議が控えております故、これにて退出させていただきます」

呼び止める暇《いとま》もない、有無を言わせぬ口調であった。黎貴妃は、用は終わったとばかりに、さっさと立ち去って行く招達の背を見送るしかない。本来ならば無礼に当たるその態度も、忙しい仕事の合間を縫《ぬ》ってここまで来させたことを思えば、わざわざ連れ戻して咎めだてするのも躊躇われた。

得たものといえば、結局、禁軍への勅命に黎貴妃の嘆願がかかわっていなかったこと、それに幾ら哀願しても沸儀が意を曲げることはないという事実だった。

退出を促されてもなお、黎貴妃は招達がいた場所を憎々しげに睨みつけていたのだった。

黄玉宮から紫宝宮《しほうきゅう》へと戻ってきた招達は、足早に沸儀の執務室へと向かっていた。

会議があると言ったのは嘘ではないが、それはすぐにではない。角が立たぬよう呼び出しには従ったが、あれ以上、謁見の間にいる必要性を招達は感じなかった。

普通の官吏ならば、黎貴妃の歓心を買うべくここぞとばかりに慰めの言葉を発するだろう。しかし、招達には寵妃のご機嫌取りは必要なかった。

それに今更、黎貴妃がなにを言い募ろうと、沸儀がまともに取りあうことはない。貧民窟一帯と、流行り病の蔓延が報告された地域の焼き打ちは、黎貴妃になにを嘆願されようとも、沸儀の中ではすでに決まっていたことだったのだ。

　招達が事前に知らされていれば、楊秀《ようしゅう》を黎貴妃に引きあわせたりはしなかった。結果、形としては黎貴妃が沸儀に、貧民窟とその周辺の焼き打ちを嘆願したのでは、という噂が流れることになった。

　さすがにこれは招達の望むところではない。太子博焚が廃される時、皇后もその位を追われるのは明らかだ。華国を去るか、それとも毒を呷《あお》り自らの命を絶つか。どちらにせよ、新しい皇后の地位には次なる太子の生母、黎貴妃が就くはずだ。だが、悪辣《あくらつ》な所業を理由に反対の声があがりかねない。

　黎貴妃が皇后になるのならばと、中立の立場であった者達が、一気に太子派へと傾く恐れがあった。沸儀の後ろ盾があるとはいえ、油断はできない。早い段階で、黎貴妃に対する噂を消しておいたほうがいいだろう。

　他人を蹴落とすことに余念のない妃妾達が、黎貴妃を追い落とすべく団結でもすれば厄介だ。そう簡単に負けるような人物ではないが、万が一ということもある。わずかでも可能性があるならば、芽のうちに摘み取っておくのが賢明だ。

　もっとも、それを沸儀が望まぬようであれば、手出しは控えるつもりであるが。

「職務外の仕事ばかりが増えるな」

　招達は複雑な溜息をついた。

　窓もない迷路のように複雑な通路を抜ければ、皇帝の執務室のある一画へと辿り着く。自分以外の者を信じていないのでは、と感じるほど沸儀は人を側に寄せつけることをしない。寵妃である黎貴妃は例外と思われがちだが、それでも極端に色に溺《おぼ》れるといったこともない。

　歴代の皇帝の中でも、沸儀以上に孤高を潔しとした者もいないだろう。

　――人に愛される太子とは真逆の存在だ。

　なによりも調和を大切にする博焚は、今回の勅旨についても、病床から嘆願書を沸儀へと送ってきた。むろん一顧だにされず、廃棄されたが。そもそも病に倒れたこと自体、虚言ではないかという噂もある。

　暗殺を怖れ、身を隠すための方便としてあえてそのように振舞っているのか。病床を見舞っても太子に面会が叶ったという話を耳にしないことから、その噂にもより信憑性《しんぴょうせい》が増す。だが、それもあまり長くはもたないだろう。病を理由に、廃嫡されかねないからだ。

「いや、太子のことを考える必要はない」

　頭を振った招達は、室内に向かって声を張り上げた。侍従の取り次ぎがないのもいつものことだ。ここにいるのは屈強な警備兵だけであり、それも沸儀自らが厳選した逸材である。

　しばらく経って、沸儀本人の「入れ」という短い返答があった。執務室を訪れる際は、いつもまったく同じやり取りが交わされる。

「勅旨の件で報告に参りました」

　深々と拱手したあとで顔を上げれば、これもいつものように執務机に向かい、淡々と書類を片づけている沸儀の姿があった。

四十五を数える今でも衰《おとろ》えぬ筋肉は、官服の上からでも隆起するのが見て取れるほどだ。常に消えることのない気難しげな表情や、全身から放たれる威圧感は、凡人ならば側に寄るだけで冷や汗が止まらなくなる。

まさに皇帝として、華国の頂点に相応しい人物だった。

「準備は滞りなく進んでおります。多少、流行り病の蔓延している地域の把握に手間取っておりますが、それも明日までには完了する予定です。また、把握できている箇所からの延焼に備え、外周に位置する建物の取り壊しも同時並行で行わせております。今のところ、抵抗する者はごく少数で、活動に支障はないとのことでした」

「そうか」

「なお、今日も勅旨を撤回してほしいとの嘆願が、官吏達から寄せられておりますが——いかがいたしましょう？」

「蟄居を命じておけ。それでもうるさく喚く者がいれば、見せしめとして殺せ。しばらくは、それで静かになるだろう」

「承りました」

実際、黎貴妃以外にも招達の許に沸儀への執り成しを願う文が何通も届いている。いくら言葉を重ねたところで、沸儀の意志が変わることなどありうるはずもないのに。愚かなことだと、招達は内心で嘲笑《あざわら》った。

「それではまた明日、報告に参ります」

深々と拱手するが、沸儀から労《ねぎら》いの言葉がかかることはなかった。むしろそれが当然であり、労《いたわ》られた日にはなんの不興を買ったのかと、逆に慌ててしまう。

執務室を辞した招達は、再び薄暗い通路へと戻った。これからの予定を反芻しながら、来た時よりも早い速度で足を動かす。必ずといっていいほど、沸儀の執務室から戻る帰りに顔をあわせる人物と出くわさないためだ。その頻度たるや――たまに見張られているのでは、と疑いたくなるほどである。

案の定、通路をこちらへと向かってくる一つの影があった。勘違いであってほしいと願うも、招達は、近くで見た姿に深い溜息をつきたくなる。

「これは管侍中。ここのところ、よくお会いしますね」

にこにこと満面の笑みを浮かべる男は、黄箏言《こうそうげん》といった。年齢は三十代前半だろうか。宦官を髣髴《ほうふつ》とさせる男らしさの欠片もない細っそりとした体つきに、優男のような容貌。なによりも際立っているのは、病的なまでに青白い素肌だ。それとは対照的に、箏言の唇は紅を塗ったように赤々としているのも特徴だった。

「また、陛下にお会いした帰りですか？」

「だったらどうだというのです」

「なぜ、そんな喧嘩腰《けんかごし》なのです？　せっかく会えたのですから、せめて愛想笑いくらいしてもよいのではありませんか？」

考えただけでも虫唾《むしず》が走る。思わずもれそうになった舌打ちを、招達は堪えた。この男に愛想よくするくらいならば、太子派の面々に笑顔を振り撒《ま》いたほうがよほど有意義だろう。なにを企んでいるのかと、勝手に悩んでくれる。

「残念ですねぇ。まあ、今日はこちらも急いでいるので、名残惜しいですがこの辺で失礼します。またの機会を楽しみにしておりますよ」

人によっては蠱《こ》惑的《わくてき》にも見える笑みを浮かべ、箏言は去っていった。招達は珍しいこともあるものだと首を傾げる。いつもならば嬉々として絡んでくる箏言に痺れを切らし、撥ねつけるようにして立ち去るのは招達のほうと決まっていた。

だが、今日は勝手が違ったらしい。心なしか今日の箏言には、いつもの覇気がなかったように思う。だからといって心配するわけでもないが、気に掛かったのは事実だった。

入室の許可すら取らずに入ってきた箏言を、沸儀は咎めだてしなかった。それは唯一、箏言にのみ許された特権でもある。もっとも、許されたところで畏怖の対象である皇帝に、不遜な態度を取れる者は限られているだろうが。

「報告に参りましたよ」

「ずいぶんと、参っているようだな」

「わかります？　補充がなくなってしまったので、交替で私も参加しているんです。あと一人倒れれば、陛下への報告も滞ってしまいますが……その場合は、順調に進んでいると思っていただいてかまいません」

「そうか」

あまりにも簡素な返答に、筝言は唇を尖《とが》らせた。己が主として忠誠を誓った相手ではあるが、つくづく面白味のない人物である。しかし、からかって遊ぶにはあまりにも緊張感のある相手であり、下手《へた》をすれば首が飛ぶ。命懸けの遊びをするほどまだ自分は壊れていない。

――やはり、からかうなら管侍中が最適だ。

緊張感には欠けるが、充足は得られる。特に怒りを堪えながら、どうにかして一泡吹かせようと、躍起になっているところがまたいい。声をかけられても無視を決め込めばいいのに、いちいち立ち止まって応対するあたり、生真面目な性格が表れているといってもいいだろう。

「そういえば、貧民窟一帯とその周辺でたちの悪い病が流行っているそうですね」

返答はない。沸儀の視線はすでに机上の書類へと向けられている。筝言はかまわずに言葉を続けた。

「やはり、地脈を流れる気が滞ってしまいましたねぇ。どこよりも先に貧民窟への影響が見られたのは、予想通りでしたが」

吹き溜まりのような場所は、そこを流れる気も淀んでしまうことが多い。通常ならばすぐに回復するそれも、今は難しいだろう。結果、病が流行ったというわけだ。

「さっさと太子が死んでくれたらいいんですけどね。流行り病を終息させるもっとも有効な手段は、自分が死ぬことだと教えてさしあげたら、あの方はどうするんでしょう？」

「いつまでも無駄口を叩かずに、持ち場に戻れ」

つい口を滑らせてしまったそれに、刃よりも鋭い一瞥がもたらされた。いつもより深く踏み込んでしまった。背を冷や汗が流れる。ああ、でもこの緊張感が堪らない――。だが、一族の復興を大義名分に抱えている手前、自重すべきところはわきまえているつもりだ。

「はいはい。では、言いつけ通り持ち場へと戻りますよ」

最後は形ばかりの拱手をして、筝言は部屋を出た。歩く度に軽い眩暈《めまい》を感じるのは、先ほどまで不眠不休であれを行っていたせいだろう。あと少しで最終段階へと進む。そうなれば、太子はもう逃れられぬだろう。

「……なんだか、あっさりと一族の復興が叶ってしまいそうだな」

部下の者達が聞いたら、怒りを露《あらわ》にして窘められそうな台詞を、筝言は誰にともなく呟く。

むろん、黄家の復興は一族の悲願だ。そのために、数多くの同胞達が犠牲となって歴史の闇に消えていった。自分の代でそれが成せることは嬉しいし、今という時を逃せば、もう二度と黄家が表舞台に立つことはないと感じていた。

しかし、それとは別に筝言は太子側の反撃を楽しみにしていた。障害のない成功など、達成感がないではないか。

「かといって、わざと手掛かりを残すのもねぇ……」

まず間違いなく、部下達から叱責を食らうだろう。筝言を赤子の頃から見知っている大人達は、当主だというのに時たま我が子を叱りつけるような態度を取る。また、筝言も殊《こと》の外《ほか》それに弱かった。

「しかたがない。まあ、主上の側にいれば、いずれ面白いものが見られるだろうし」

今は我慢して仕事に没頭しますか、と箏言は呟きながら、隠し部屋がある建物へと続く通路に向かったのだった。

紫宝宮のすぐ近くに隠し部屋を作ったのは、宮を建てた皇帝だった。賊の侵入を怖れていたようだが、歴史書を見ても宮中に賊徒が乱入したという史実はない。誰にも使用されぬまま時だけが流れ、皇族とは関係のない箏言の手へと委ねられた。

その使い道を知れば、あまりの皮肉に当時の皇帝は複雑な気持ちになるだろう。皇族を逃がすために作った場所が、今は太子の命を奪うことに利用されているのだから。

「戻ったよ」

けっして広くはない室内に足を踏み入れれば、薄暗い室内の中央に、円を描くようにして座る五名の男達の姿があった。足許の土間には、緻密《ちみつ》に彫られた文様があった。その要所には、玉が置かれている。

全身だけでなく、顔も隠すように頭から黒い頭巾を被っている者達は、ただひたすら言葉を紡ぎ続けていた。

傍から見れば異様な光景であるが、箏言は全員の様子をしっかりと確認したあと、手前に座っていた者に声をかけた。

「交替する。しばらく、休むといい」

頭巾のせいで表情を窺うことはできなかったが、男は遠慮することもなく、体を引き摺るようにして場所を筝言に明け渡した。

筝言が交替を申し出たのは、疲労の度合いが一番に濃い者ではなかった。隅で休んでいるのは、二番目に疲労している者である。一番は、ここで休ませても大して回復しないまま終わるだろう。ならば、二番を休ませ、一番に限界が訪れた時に二番が交替すればいい。その頃には、術も最終段階へと入っていることだろう。

これに参加した者達は、はじめから死を厭う気持ちはない。一族の復興のためならばと、命を投げ捨てる覚悟だ。だからこそ、筝言は部下に対し、一切の手心を加えない。彼らがそうあることを望んでいるからだ。

筝言が定められた言葉を紡ぎはじめれば、近くにある玉に淡い光が点る。光は明滅を繰り返し、それに呼応するかのように、他の玉も明るさを増した。

――あと少し。

筝言は、ゆらゆらと揺らめく光の渦を見つめながら、ゆったりと笑むのだった。

市が広がり、人々の往来も激しいそこで、橋の欄干に登って大声を張り上げる男がいる。その周囲には人垣ができており、誰もが足を止めてその演説に耳を傾けていた。

「――病は拡がりつつある。にもかかわらず、暗君は対策を取ろうともしない。我々、人を人とも思っていない証拠だ。このまま黙って死を待つつもりか。それを、愛する者達にも強要するつもりなのか！」

おお、と聴衆から同意の声があがった。男はさらに声を張り上げる。

「暗君の顔色を窺っているような官吏に、なにができる！　暗君の狗《いぬ》となり下がった禁軍に、なにができる！」

男の右腕には、朱色の布が巻かれていた。それだけが、この男の唯一の特徴といえる。

顔はこれといって記憶に残るものでもなく、目が細く狡猾《こうかつ》そうな印象を受ける。年齢は三十歳くらいだろうか。背も低くやや猫背気味なのだが、その声はなぜか遠くまでよく響いた。しかし、その演説は唐突に終わりを迎えた。男は腕に巻いた布を外すと、慌てて欄干から飛び降り、脱兎《だっと》の如く駆けだした。はじめは目で追っていた聴衆も、すぐにその姿を見失う。そして、入れ換わるように龍乎《りゅうこ》の衛兵が、場に乱入した。

「猩猩緋《しょうじょうひ》はどこだ！」、「逃げ隠れせずに大人しく出て来い！」、「くそっ、また逃げられた！」と、龍乎の衛兵らは悔しげに叫ぶ。

群衆に紛れた男は、悪態をつく者達を一瞥し、大路を進む人々の流れに乗るように悠々とした態度でその場をあとにしたのだった。

やがて、男が馴染みとしている料理店につく。庶民向けの素朴な料理が自慢の店で、大抵はここで腹を満たすことが多かった。店内は昼のかき入れ時をすぎたこともあって、客は少ない。薄暗い店内をぐるりと見回した男は、奥まった場所にある席に腰をかけた。

「残りもんでいいから、適当に頼む」

　店員に声をかければ、愛想のよい顔で頷かれた。額に滲んだ汗を袖で拭いていると、目の前の席にいつ見ても見目のよい青年が座った。癖のある髪を無造作に束ね、町人風の短服を身につけている。

　彼ならば、ただすれ違うだけでも誰かしらの記憶に残りそうだ。特にそれが若い女ならば、振り返るくらいはするだろう。青年は、男に聞こえる程度の小声で話す。

「見事な逃げっぷりだな」

「合図するのが、少し遅くないですか？」

「絶妙な頃合だっただろ」

　にやにやと人を食ったような笑みを浮かべる青年は、名を郭《かく》洪《こう》采《わ》といった。それに嘆息しながら応対する男は、応槍幽《おうそうゆう》という。ともに猩猩緋の一員だ。

「焦らせないでくださいよ」

「平気だって。なんのために俺がいると思ってんの」

「あのですね、真っ昼間から大立ち回りを演じる馬鹿がどこにいるんですか。民衆を巻き込むのは紅主《こうしゅ》の訓《おし》えに反しますよ」

　むろん、洪采も本気で言っているわけではないだろう。ただし、実際に槍幽が捕らえられるようなことになれば話は別だ。愛用の槍《やり》を携えて龍平に躍りかかっていくはずだ。

「絶対に止めてくださいよ。今は民の不満を煽るだけで充分なんですからね？」

「わかってるさ」

血気盛んな若者らしく、地道な抗議活動は肌にあわないようだ。確かに、今まで彼が手掛けてきた数々の任務に比べれば、槍幽の護衛は物足りないだろう。だが、じょじょに病が華安を蝕む中、派手な動きに意味はない。ならば、燻っている朝廷への不満を煽れるだけ煽ればいい。流行り病が終息する頃には、それが憎悪に変わっているはずだ。

「そういえば、兎天《うてん》殿から連絡はありましたか？」

「いや、ないな」

槍幽が頼んだ料理が運ばれてくると、洪来は嬉々としてそれに手を伸ばした。溜息をついて、槍幽は同じのをもう一人分、と店員に告げる。

「じゃあ、まだ動きはないんですかね」

本当にまだ動きはないのだろう、と槍幽は、龍天山《りゅうてんざん》で極秘任務についている同僚について思った。

「しかし、実際のところ、それが今回の流行り病に関係してるんですかね？」

「さあな。ただ紅主のおっしゃることは、いつも的を射てる。たまに未来を見通せてるんじゃないかっていうくらい的確だ」

「頭の回転が速いっていうか、もはや人智を超えた存在ですよねぇ」

だからこそ、猩猩緋はここまで勢力を拡げられた。華安に潜伏する構成員は、すでに百人を超えている。誰も彼も仲間に引き入れるのではなく、絶対に猩猩緋を裏切らない――裏切れない人間に重点をおいて勧誘してきたおかげで、こちら側の情報が漏れるということはなかった。

地道な活動も、じょじょに成果をあげはじめている。遠からず世は朝廷への怨嗟で満ちるだろう。その時こそ、猩猩緋が今まで以上に脚光を浴びるのだ。

「……そういえば、あれは本当なんでしょうかね」

「ん？」

新たに運ばれてきた肉饅頭を頬張りながら、洪釆は視線だけを槍幽に向けた。よほど腹が減っているのか、皿に盛られた肉饅頭が次々に洪釆の胃袋へと収まっていく。

「今朝方に届いたやつですよ。流行り病への対応策が〝焼き打ち〟だなんて、どうかしてますよ」

「宮中にいる内通者の大半から、似たような報告があったんだろ？　なら事実だと思うけどな」

あっさりとした口調でそう告げた洪釆だったが、瞳に宿るのは紛れもない怒りの感情だった。

「あの残虐非道な皇帝様のことだ、躊躇いもなく命じる姿が目に浮かぶよ」

「黎貴妃も関与しているようだという情報もありましたね。寵妃が焼き打ちを進言したのでは、と疑ってる者も少なくないようです」

「だとすれば、似合いの夫婦じゃないか。大事なのはそれが事実で、実際に焼き打ちがはじまるってことだ」

　突きつけられた現実に、槍幽は重い溜息をついた。

「はぁ……地道な抗議活動どころじゃなくなりますね。楽でよかったのに」

「義賊としては、黙って見過ごすわけにはいかないからな。これから忙しくなるぞ」

　単調で刺激の少ない任務に飽き飽きしていたのだろう。洪采は楽しげな笑みを浮かべた。

「とりあえず、今日はここまでにして隠れ家に戻りますか」

「そうだな。帰ったら、槍でも砥《と》ぐか」

　今は洪采が裏方だが、いざ禁軍との戦闘《せんとう》になれば、槍幽が補佐に回る。作戦を練るのは別の者になるだろうが、地図を集めたり、禁軍の進軍経路を調べるのは槍幽の役目だ。これからは、寝る間も惜しんで動き回る日々が待っているに違いない。溜息をついて、槍幽は手元の肉饅頭に齧《かじ》りついたのだった。

第九章

白桃《はくとう》の背に揺られながら、春蘭《しゅんらん》は不機嫌に前を行く複数の背を見つめていた。同行者は全員で四名。うち一名は、仲望《ちゅうぼう》である。龍天山《りゅうてんざん》へは春蘭一人で向かうつもりだったのだが、それに異を唱える者がいたのだ。

楊秀《ようしゅう》と仲望である。

本来ならば楊秀は、韓《かん》家の屋敷から外に出ることすら禁じられているにもかかわらず、自分も同行すると言い張った。だが、蟄居を命じられた者が華安《かあん》の外に出るということは、皇帝へ叛意《はんい》ありと見做《みな》される。一族まで危険にさらすつもりかと、仲望だけでなく、春蘭も交えて説得した結果、楊秀は渋々と同行を諦めることに頷いた。

仲望にかんしては、啓璋《けいしょう》と友寧《ゆうねい》が顔色を変えて引き止めようと必死になったが、本人が頑として引かなかった。終いには涙を浮かべながら、二人に「旦那様をよろしく……」と託されてしまったほどだ。

よろしくと言われても、一人で向かう方針を変えるつもりはなかった。春蘭は、口では了承しつつも夜半にこっそりと鄭《てい》家を出るつもりだった。しかし、それは仲望に読まれていたらしい。房室から出たところを捕らえられ、有無を言わさずに部屋へと連れ戻されてしまった。

しかし、同行者はそれだけではなかった。早朝、頑なな仲望の態度に憤《いきどお》っていた春蘭の目の前に、龍乎《りゅうこ》の姫子慮《きしりょ》が部下を連れてやってきたのである。唖然とする春蘭に向かって子慮は、「楊秀の野郎に頼まれて来てやったぞ！」と、豪語した。

怪我人の仲望と、春蘭の二人だけでは心許ないと、いらぬ気を利かせて護衛を手配してくれたらしい。確かに実力としては、申しぶんないが……。

白桃を走らせ振り切ることも可能だったが、行き先を知られているのでそう簡単には諦めてくれないだろう。ならば、さっさと白旗をあげたほうがいい。

華安を発《た》った春蘭達は、都の北に位置する龍天山を目指していた。日帰りはさすがにむりだが、数日を要する旅ではない。山自体は華安から近く、歴代皇族の離宮が建てられていることもあって、整備された道は意外と奥まで続いていた。

お陰で予定よりも早く社に辿り着くことができる。こうしている間にも、焼き打ちの準備は刻々と整えられているのだ。急がねばならない。

道が途切れた場所で馬を木に繋ぎ、そこからは徒歩で進む。周囲は鬱蒼《うっそう》とした木々に覆われているが、守り神を祀った際に利用したであろう山道が、草木に隠れるようにして姿を残していたのも幸いだった。

山の緩やかな斜面に、微かに道とわかるほどの跡が蛇行《だこう》するように続く。自然の中にあって、そこだけは人の手が加えられているようだ。だが、さすがに二百五十年も前に整えられた道が、そのまま残されているはずがない。少なくともここ一、二年の間に、この場所を通った人間が複数いると見て間違いはないだろう。

「しかし、なんの目的でここを訪れたのだろうな？」

考えてみても、適当な答えは浮かばなかった。

「どうしたんだ、ちびっ子？」

視線を右側に向ければ、子慮が覗き込んでいた。年齢は二十五。精悍な顔立ちに、やや吊《つ》り上がった目尻。たまに浮かべる得意げな表情は、我の強い子慮の内面をよく表している。

旅装の上から胸当てと籠手だけをつけ、腰に佩《は》くのも一振りの剣だけである。騎乗してきた馬への負担と、山道を歩く際、途中で体力がなくなってしまわないように配慮した結果だという。いざ敵と鉢合わせても、武具の重さで負けてしまっては意味がない。

「疲れたのか？」

「平気だ」

急な斜面もないため、春蘭も気楽に白桃の背に乗っていられる。以前、白桃にしがみついていたら掌に血豆ができてしまったため、今日は事前に手に布を巻いていたが、この分ではそれも必要なかったかもしれない。

「ところで、子慮。ぬしはこのようなことをしていてよいのか？　龍平は華安の警備に奔走していると聞いたのだが」

「ああん？　最近は、ちびっ子の手も借りたいくらい忙しいぞ。終刻の鐘が鳴ってもたむろってる奴が多くてな。どこの牢《ろう》も満杯だ」

「ならば、私につきあっている暇などないのではないか？」

　これは純粋な疑問である。華安を守る龍乎の、それも虎慈《こじ》軍隊長という要職にある子慮が、いくら楊秀の頼みとはいえ、忙しい中、仕事を放り出してくるはずがない。

「文重《ぶんちょう》に追い払われた」

　思いがけず、子慮の有能な副官の名が出た。隊長が迷惑をかけたと聞けば代わりに頭を下げ、迷子になったと聞けば隊長を捜し回り、ありとあらゆる面で子慮を支え続けている人物だ。

「なにをしでかしたのだ？」

「禁軍の奴らを邪魔してやったんだよ」

「……ふむ？」

「あいつら、勅命だかなんだか知らねぇけど、流行り病を街ごと焼き払っちまおうってんだろ？　だから、それを阻止しようとしたんだ」

　子慮の気持ちもわからなくはないが、龍乎の隊長としてあるまじき行為だった。顔を真っ青にして止めにかかる気の毒な文重の姿が思い浮かぶ。

「そんな時に、楊秀の野郎が詰所にやってきてよ。そしたら文重の奴が、護衛としてお前らに同行しろってうるせぇの。まあ、しかたねぇから来てやったけど」

「体よく押しつけられたわけか……」

ぽつりと呟けば、前方を行く子慮の部下、袁道順《えんどうじゅん》と蘇《そ》覚程《かくてい》の肩がびくっと跳ねた。どうやら、こちらの会話が聞こえていたらしい。

「や、やだな、春蘭。人聞きの悪いこと言うなよ」

わざとらしい口調でこちらを振り返ったのは、道順だった。十九になる青年は、陽気という言葉がよく似合う。

黙っていることが苦手なのか、道中でもあれこれと春蘭に様々な話題を振ってきたものだ。もっとも、山に入るまで仲望の馬に相乗りさせてもらった春蘭は、舌を噛まないようにするのに必死で、まともな受け答えはできなかったが。

対する覚程は、道順の真逆といっても過言ではない。年齢は二十二。背格好はまったく同じなのだが、こちらは驚くほどに無口な青年だった。たまに喋っても二言三言で終わってしまい、表情も道順に比べれば乏しい。

「違うのか？」

「いや、ほら俺達は護衛だって、護衛。それより、まだつかないのかい？」

華安から龍天山に伸びる地脈を辿っていけば、いずれ社に辿りつく。社は、守り神が力を振るいやすくするため、地脈がより多く集合している、いわゆる源泉のような場所に祀られる。春蘭が守り神として崇《あが》められた場所も、似たようなところであった。

「もう少しだ」

そう告げた春蘭に、子慮は意味深な笑みを見せた。

「でもなぁ。そう簡単には、辿り着かせてはもらえないみたいだぜ？」

「バウッ！」

子慮の言葉に、白桃が同意するように咆《ほ》えた。

「虎野郎も気づいたか？」

「子慮。白桃は雌だ。野郎ではない」

「その雄々しい顔つきはどう見たって雄だろ」

「……あの、隊長。そんなことで口論しないでください。それよりも、な、なんかいるんですか？」

剣の柄《つか》に手をかけながら、道順は不安そうに辺りを見回し、覚程も同じように周囲に警戒するような眼差しを向けた。

「さっきから、見られてたじゃねぇか。なんで気づかねぇの？」

「バウウッ？」

どうしてわからないの、という風に白桃も首を傾げる仕草をした。それに道順は、首を横に振って力の限り訴える。

「隊長達みたいに、野性の勘が優れてるわけじゃないんですっ。文重さんっ、俺もう耐えられません！」

やはり、文重ではないと子慮の相手は務まらないと、さめざめと泣く道順だったが、それでも剣の柄から手を放さないあたり、やはり龍平に所属する衛兵なのだろう。

「お、なんか来るみたいだぞ」

緊張感に乏しい子慮の声に、全員が臨戦態勢を取る。道順と覚程は背中合わせに、子慮は剣を抜き放ってはいるが余裕のある様子で、仲望は春蘭を守るように体を寄せた。

「真上だ！　横に飛べっ！」

道順と覚程を蹴り飛ばした子慮は、自身もそのまま地面を転がるようにして逃げる。子慮とほぼ同時に反応していた白桃は、素早く仲望の背後に回り込み、腰紐をくわえると見事な跳躍《ちょうやく》を見せた。

鋭く空気を切り裂く音がする。見れば、先ほどまで春蘭達がいた場所に、六本の匕首《あいくち》が突き刺さっていた。その柄の部分には細い紐が結ばれており、一瞬ののち、跡形もなく回収されてしまう。

「おいっ、ぼさっとすんな！　さっさと走れ！」

子慮の叱咤に、道順と覚程が慌てたように森の奥へと走り出した。

「仲望、お前もちびっ子を連れて先にいけ！」

「あまり無茶をするなよ！」

仲望はそう返すと、春蘭を乗せた白桃に跨がった。春蘭も振り落とされないように、白桃にしがみつくので精一杯だ。すぐ傍で、刃物がぶつかりあう鈍い音が響く。こちらに向かって投擲《とうてき》された匕首を、仲望が叩き落としたのだろう。

「お前の相手は俺だ！」

子慮の声が響くと同時に、春蘭達への攻撃も止んだ。その場を子慮に託した二人は、しばらくそのまま走り、敵の気配がなくなったところで白桃が速度を緩めた。龍乎の三人とは完全に逸れてしまった。それでも、道順と覚程ならば辛うじて続いている道を辿り、社へ向かうなり下山するなりできるはずだ。

「地脈は……うむ。この辺りはずいぶんと乱れが酷い」

「春蘭」

「どうした？」

「先ほどから言おうと思っていたんだが……地脈を視るならば、こちらのほうが簡単だ」

仲望は、前髪で隠されていた右目を露にした。四年前の戦の最中に異常をきたして以来、地脈を流れる気を直に視ることができるようになったのだという。普段は煩《わずら》わしさから前髪で隠しているようだが、確かに一々水神盤《すいしんばん》を取り出すよりも楽である。

「だが、痛みが伴うのではないか？」

「長時間はむりでも、少しの間なら問題はない。何者かがいる以上、あまり時をかけないほうがいい」

「わかった」

明らかに敵意を持ってこちらに攻撃を仕掛けてきた者達のことを考え、春蘭は頷いた。

第十章

子慮《しりょ》達と逸れてから、どれほど経っただろうか。はじめはなだらかであった斜面も、奥へと進むにつれてじょじょに険しさを増していた。さらに地面をうねるように這《は》う木の根が行く手を阻《はば》む。

「少し、休むか」

白桃《はくとう》の背にしがみつくのも体力がいる。白桃の背から下り、春蘭《しゅんらん》と仲望《ちゅうぼう》は束の間の休息を取った。白桃はぴんと耳を立て、周囲の音や気配を警戒する。

「春蘭」

「どうした？」

「兄のことで、少し話したいことがある」

先を急ぐ旅ではあったが、少し、という仲望の言葉を信じて、春蘭は頷いた。仲望がいったいなにを話すのか。興味と少しばかりの不安を隠して、春蘭はできるだけ平静を装った。

「俺と兄は、三歳違いの兄弟だった。特別、仲がよいというわけでもなかったが、悪かったわけでもない。ただ、俺は少し臆病な性格で、逆に負けん気の強い兄に憧れていた。春蘭は、兄を見ているのだろう？」

「うむ」

玄楽《げんらく》は、髪も瞳も夕陽のような赤い色をしていた。母親が異国の血を引いており、息子の玄楽にもそれが受け継がれたのだそうだ。黒髪黒眼が大半を占める華国《かこく》で、それは異質であった。

「兄は、幼い頃から外見のことでいじめられていた。酷いものだったよ。何度、泣いている兄を見たことか。でも、兄は負けなかった。実力を示すことで、自身を蔑む者達を見返してやろうと考えたんだ。実際、天賦の才に恵まれていた兄は、それから頭角をあらわして、禁軍でも並ぶ者がいないと言われるほどの人物になった。それでも、批判する人は絶えなかったが、同じくらい兄を理解してくれる人もできた」

でも、と仲望は続ける。

「俺はいつしか、そんな兄と比べられていることに気づいた。はじめは使用人達の、口さがない噂話だった。兄が正妻の子であったのなら、鄭家はますます繁栄しただろう、と。悔しいという気持ちはあったが、兄が有能であることはまぎれもない事実だ。だから、俺は兄と同じように努力した。剣術も、学術も、血を吐くような思いで学び続けた。でも、努力すればするほど、兄との差に気づかされたんだ。それで、俺は悟った。兄を越えるのはむりなんだ、って」

仲望の瞳には、昔を懐かしむような色が宿っていた。はじめて本人から聞く話に、春蘭はなにも言えずにいた。

「気づいたところで、俺は生きかたを変えることはできなかった。体格的に不利だと思って、剣や槍を捨てて弓の腕を鍛えた。追いかけて、追いかけて、俺は四年前の戦で、右目と左足に大きな怪我を負った。その時は、悲しむよりも先に安堵したよ。もう二度と、兄の背を追わなくて済むんだって。まさか、同時期に兄自身が目の前からいなくなってしまうとは思わなかったけど……」

　ここで、仲望は悲しげに苦笑した。いつもより少しだけ表情が豊かだ。

「それからは、諦めの人生だった。楽だったよ。なにもせず、ただ漫然と日々をすごすのは。宮中から遠ざかっていれば、面倒な揉め事には巻き込まれない。あっという間に四年が経っていた」

　仲望の視線が、ゆっくりと春蘭に向けられる。思わず肩に力が入ったが、穏やかな眼差しに緊張が解けた。

「はじめは気づかなかった。でも、攫猿《かくえん》と対峙した時や、俺を助けに来てくれた時。毎日のように職を探しに出ていく姿や、真名《まな》を取り戻すことを諦めない姿が、以前の俺を見ているようだったんだ」

「似ているとは思えぬが？」

　春蘭は仲望のように、自身の技能を磨いていたわけではない。占以外のことでは、血の滲むような努力をしたわけでもないし、誰かの背を追い掛けていたわけでもなかった。

「諦めないこと。春蘭は一度だって諦めたことはなかっただろ？　だから、今回のこともなにか力になれたらと思ったんだ」

「それで、同行したというのか？」

「ああ。こんな俺でも、いないよりはましだろう？」

「……こんな、とは自分で言うものではない」

もう休憩は終いだと、春蘭は立ちあがった。それに気づいた白桃が近づいてきた。そして、春蘭と仲望が乗りやすいようにと身を屈める。よじ登ろうとする前に、仲望の手が春蘭の両脇をかかえ、ひょいと白桃の背に乗せられてしまった。

「警戒を怠るなよ」

「むろん」

辿り着いた先は、大地に空いた巨大な洞窟であった。入口には、側面に彫られた文様や、色褪《いろあ》せた彩色の跡など、人の手が加えられた形跡が見られる。洞窟は地下へと続いているようであった。春蘭は岩陰から辺りを窺う。

「仲望、ここで間違いないか？」

「ああ……目が痛むくらい、すごい光景だよ」

うんざりとするような口調で仲望は告げた。実際、どのような光景が視えているのかはわからないが、酷く疲れるようだ。

「守り神が祀られているにしては簡素だな。華安《かあん》ほどの都だ、仰々《ぎょうぎょう》しい社でも建っていると思っていたのだが」

しかし、春蘭の感想は、洞窟の内部に入ってから撤回されることになる。

仲望が途中で拾った枝に布を巻きつけ、火を熾《おこ》して松明《たいまつ》をつくる。まず、先に仲望が足を踏み入れる。続いて、白桃の背から降りた春蘭がそのあとを追った。

「これは……」

先へ進んだ仲望が、思わずといった風に感嘆の声をあげる。つられるようにして上を向けば、松明に照らされるようにして、洞窟の壁に彫られた無数の装飾が姿をあらわした。

入口付近には、左右に体の半分を壁に埋めた門番が彫り込まれていた。番をする者だけあって、見る者を監視するような厳《いかめ》しい表情を浮かべている。手に持っている槍は、柄の部分がすでになく、片方の像は右肘《みぎひじ》から先がなくなっていた。

それを通り過ぎると、同じように半分ほど壁に埋没した門が春蘭達を出迎えた。表面に塗られた朱色は、雨風にさらされることがないせいか色鮮やかに残されている。

門を潜ると、周囲には桃源郷さながらの光景が広がっていた。無数に彫り込まれた蓮《はす》の花や、それを愛《め》でる天女。空を飛ぶのは鳳凰《ほうおう》か。遠くには桃と思われる樹木まで、事細かに再現されている。

「見事なものだな。洞窟自体が社となっているわけだ」

短期間ではけっして造り得ぬものである。おそらく何十年という歳月をかけ、大勢の職人達によって完成されたのだろう。

「春蘭。辺りを見ていないで、足許に集中したほうがいい。坂になっているぶん、かなり歩き難い。むりなら白桃に乗せてもらうんだ」

「む、確かに少し辛いな」

洞窟の奥へと続く道は、緩やかな傾斜となっているようだ。足許の岩が湿り気を帯びていることもあって、油断すれば仲望の言う通り足を滑らせてしまいそうだ。

「しかたない。白桃、背に乗せてくれるか」

「バウッ」

春蘭が、身を屈めた白桃の背に跨ろうとした時だった。その白桃が突然、警戒するように低い唸《うな》り声をあげる。金色の瞳が向けられるのは、洞窟の奥である。

「春蘭、気をつけろ」

「わかっておる」

仲望が松明を奥へと向けながら、空いたほうの手で剣を構える。灯りが目印となってしまうおそれもあったが、ここで火を消すのは得策ではない。

「ガウッ」

白桃が一際高く吼えた。おそらく、来るぞという合図なのだろう。案の定、奥から顔を隠した黒衣の者達が三人、こちらに飛び掛かってきた。春蘭は急いで白桃の背に乗る。一人は仲望に、二人は春蘭と白桃へと向かってきた。片足の不自由な仲望よりも、大虎を警戒してのことだろう。

「白桃っ」

春蘭の声に、白桃は素早い跳躍を見せた。春蘭を乗せているため、攻撃を巧みに避けても、動き回るには広さが不十分な洞窟内では行動が制限されて積極的に戦闘に参加できない。

「春蘭を連れて奥に行け！」

松明を、白桃が対峙していた黒衣の者達に投げつけ、仲望はそう叫んだ。奥ならば充分な空間があるかもしれないと踏んだのだろう。それに、白桃は夜目が利く。暗闇での戦闘は有利だ。

「行かせるな！」

仲望と剣をあわせていた者が叫ぶ。だが、わずかな隙を白桃が見逃すはずがない。春蘭を背に乗せたまま、素早く洞窟を駆け抜けた。焦ったようにこちらを追う気配があったが、白桃の脚に敵う者はいない。置き去りにして、奥へと向かう。

一瞬、振り切った二人の襲撃者がそのまま仲望に向かうのでは、と危惧したのだが、それはすぐに解消された。よほど奥へ行かせたくないようだ。猛然と追い縋ってくる襲撃者達に、春蘭は安堵の溜息をついた。

——いったい、この先になにがあるのか。

暗闇を疾駆するうちに、春蘭は前方から光が漏れていることに気づいた。白桃は通路から飛び出すようにして着地した。春蘭は急いで背から降りる。白桃も、暗闇のほうが有利であることをわかっているのだろう。春蘭を置くと、そのまま通路へと戻って行った。

「これは凄いな」

隠れ場所はないかと周囲を見回した春蘭は、光の正体に気づいた。洞窟の通路を抜けた先にあったのは、天井がぽっかりと空いた箱庭のような空間だったのだ。空高く聳え立つ壁には、通路と同じように彫刻が施されている。岩の亀裂から生命力の強い木々や蔦《つた》が根を張り、そこに色を添えていた。

「そうだ、社は……」

身を隠すことも重要だったが、春蘭の脳裏を過ったのは守り神の存在である。慌ててそれらしきものを捜せば、祭壇と思《おぼ》しき岩が隆起した部分に、小さな社が作られていた。駆け寄ろうとした春蘭だったが、はっと動きを止める。見間違えたのかと思い目を擦るが、それは消えない。

「なんと……」

岩が隆起していると思ったそれは、真っ白な龍だった。

胴体の太さは、白桃と同じくらいか。長さはとぐろを巻いているのでよくわからないが、鄭家の一塀分はあるだろう。優雅な胴体には宝石のような鱗《うろこ》が輝き、光を反射してきらきらと輝いていた。

なぜ動かないのか。不審に思い目を凝《こ》らせば、龍の首許になにかがある。どす黒く変色した槍のようなものが、龍の胴体を地面に縫い止めているらしい。

「酷《むご》いことをする」

春蘭達を襲撃してきた奴らはこれを見られたくなかったのだ。とにかく、守り神を解き放つことが先決だ。どうにか槍を抜くことはできぬかと、春蘭は龍の側に近づこうとした。しかし、巨体を囲うようにして掘られた地面の溝に気づく。

「これは……」

見覚えのあるそれに、春蘭は足を止める。試しに小石を拾って投げてみれば、文様の内側に入った途端、稲妻《いなずま》のようなものが走り小石が撃ち落とされた。

「誰も近づけぬようになっているのか」

できるだけ近くまで寄った春蘭は、地面に横たわったままぴくりともしない龍を観察した。微かな気を感じる。

守り神は、そう簡単に死ぬことはない。怪我を負ったとしても自身の力が尽きない限り、すぐに治癒《ちゆ》する。この槍は、逃亡を阻止するためだろう。そして、この地面の文様は万が一にも守り神を解放させないためのもの——ふいに、春蘭は違和感を覚えた。

いや、むしろ嫌悪感と言ったほうが正しいだろう。

穂先だけでなく、柄の部分からも黒い霧のようなものを漂わせているそれに、春蘭は眉を寄せる。どこかで似たような話を聞いた覚えはあるのだが、それがいったいなんなのか思い出すことができない。

「龍殿！　意識はあるか！」

必死になって呼び掛けると、やがてうっすらと龍の瞼が開かれた。

「私が見えるか？　このような形《なり》をしているが、とある邑《むら》の守り神をしている者だ」

『……ああ……たし、か……に……しか、し……ひとが、せんに……』

「私は守り神として、少々特殊なのだ」

弱々しい声音に、春蘭の不安は強まった。たとえ槍を抜いたとしても、龍自身の力まで弱まっていれば傷を癒すことは難しい。

『頼み……が……』

龍は苦しげに告げた。

『これ、を……ぐうっ』

体を動かしたせいで痛みが増したのだろう。龍は苦しげに身をよじった。

「むりに動くでない。いったい、誰がこんなことを……」

これでは、地脈の歪みを直すことができぬはずだ。守り神が力を失っているのではと疑ったこともあったが、まさかこんなことになっていたとは。予想外の展開に、春蘭は困惑した。

『……力を、封じられた』

「封じる……そうか」

春蘭の脳裏に、ある一族の存在が浮かんだ。

人であった頃、母から聞いたことがある。詳しくは覚えていないが、特殊な術で仙を捕まえることができるのだという。守り神がいない邑は、大金を払って彼らから仙を買うのだと聞いていた。

しかし、そのようなことが許されるはずがない。仙は人々に乞われて守り神となるのである。むりやり連れてこられ、誰が邑を守ろうとするだろうか。春蘭は幼いながらに怒りを感じた覚えがある。他にも呪を用いた暗殺などもその一族は請け負っていたそうだ。

春蘭が守り神となってからはどうなったか不明だが、未だにその術が受け継がれているというのか。

「力が使えれば、こんなもの」

春蘭は唇を噛み締めた。本来の力が使えれば、この程度の封印など吹き飛ばしてしまえるのに。

「バウウウッ」

白桃の鋭い咆哮《ほうこう》が響く。はっとして振り返れば、鬼面を被った人物が天井に空いた穴から飛び降り、こちらへ向かって疾駆してくるところだった。

「あれは――」

攫猿を退治する際にあらわれた、猩猩《しょうじょう》緋《ひ》側にいた男だ。名前は確か、兎天《うてん》と呼ばれていた。楊秀《ようしゅう》、それから仲望を同時に相手取ってなお、互角に戦っていた手練《てだれ》でもある。兎天は匕首を投擲するが、それは春蘭の前に素早く回り込んだ白桃の前脚によって弾《はじ》かれた。

「これは貴様らの仕業《しわざ》か？」

春蘭の問いに、兎天は答えない。白桃を前に、匕首を構え出方を窺うように見定める。張りつめた緊迫感。それを破ったのは、仲望だった。

「春蘭！」

仲望は肩で荒い息をついているが、目立った怪我がないことに、春蘭は安堵の息を吐いた。体調は万全ではないが、禁軍に属していた腕前は未だに健在らしい。その姿を見た兎天は、静かに匕首を引くと、岩場を足がかりにして天井に空いた穴から逃げて行く。

「これは……」

　春蘭の許へと近づいてきた仲望は、驚いたように地面に縫いつけられた龍を見た。

「彼が華安の守り神だ。力を封じられている。この文様のうちには入るなよ。雷に打たれるぞ」

　白龍に近づこうとする仲望を、春蘭は手で制した。あの強力な雷電に打たれれば、一瞬で命を奪われてしまうだろう。

「しかし、なぜこんなことを？」

「わからぬ」

「先ほどの奴らの仕業か？」

「どうだろうな……」

　もし兎天――猩猩緋の仕業であれば、春蘭と仲望への妨害も激しさを増しただろう。事実、兎天は、仲望と白桃を同時に相手取れるほどの実力の持ち主だ。しかし、なぜか彼はあっさりと身を引いた。

「いや。今は考えている暇はない」

このままでは、いずれ守り神は衰弱《すいじゃく》して死ぬだろう。

流行り病の拡大は止まらずに、皇帝の命を受けた禁軍は貧民窟をはじめとする、感染が拡がる地域を焼き打ちするはずだ。それがどれだけ惨《むご》いことかわかっていても、皇帝の勅命に逆らえる者はいない。

大勢の者が死ぬ。

そこには、春蘭の知りあいも含まれるだろう。華安に来てから知りあった者達の顔が、春蘭の脳裏を過る。

胸が苦しかった。

瞼の奥が熱くなり、息苦しささえ感じる。

「……のう、仲望。真名を取り戻すことを優先すると言いながら、病に罹った者達を助けたいと思う気持ちは、私が守護してきた者達に対する裏切りだろうか？」

春蘭の問いに、仲望は首を横に振った。

「いいや。それは人として当然の感情だ」

「私は守り神……いや、今は人だったな」

だから、これほどまでに胸が痛むのだろう。

守り神として邑を守護していた時、他の場所で大勢の人間が亡くなったと聞いても胸は痛まなかった。長い歴史の中でそういうこともあるだろう、と。その余波が自分の守護する邑に及ばなければいいと、達観していたように思う。それが守り神というものだ。

だが、今の春蘭はそれが当然であるとは思えない。

助けたいのだという気持ちを、抑えることはできそうにもなかった。

「仲望。離れておれ」

「春蘭？」

「大丈夫だ」

一瞬だけだ、と春蘭は自分に言い聞かせた。わずかな間ならば、たとえ真名を呼ばれたとしても抗《あらが》える。そして、また元の体に戻ればいい。真名を奪われた際も上手くいったではないか。

――ただ自分が華安にいると、知られてしまうことになるが。

だから、春蘭は仲望に訊ねたのだ。これは裏切りになるだろうか、と。春蘭の強みは、玄楽に居場所を知られていないことだった。それを今、手放そうとしている。

「龍殿、約束してくれ。華安では流行り病が蔓延している。地脈の乱れを正し、流行り病を祓ってくれると」

龍が微かに頷く気配があった。守り神や仙は約束を違《たが》えない。了承したということは、それくらいの力は残っているのだろう。ならば、春蘭も自分にできることをやるのみだ。

「今、助ける」

瞼を閉じて、自身の中に潜む特殊なそれに意識を集中させれば、春蘭の周囲を濃厚な水の気配が包んだ。

意識がじょじょに遠ざかっていく。

完全になくなるわけではない。透明な壁を一枚隔てたように、少しだけ感情が薄くなるだけだ。懐かしいその感覚に歓喜するように、春蘭は微かに笑った。守り神へと戻るのは、一瞬の間さえあればいい。人としての魂魄《こんぱく》の下に隠していたものを、解き放てばいいのだ。

意識を眼前に向ければ、同胞の姿があった。

力を封じられ、地に縫い止められた姿に、深い悲しみを覚える。

『待っておれ』

春蘭は意識を集中した。

龍の周囲を水の塊《かたまり》が漂いはじめる。春蘭は華安の守り神のような実体ではなく、魂魄だけの存在であった。

人は仙にはなれない。とある特殊な方法で守り神となった春蘭は、彼らとは違う存在だった。その証拠に、守り神に戻った春蘭は、春蘭自身が力を行使しない限り誰にも視ることはできなかった。

龍の体を水で包み込んだ春蘭は、文様や槍にまとわりつく呪を一瞬で浄化しようとした。

だが、それに強い圧迫感が加わる。

〝――、――〟

　ここより離れた場所で、春蘭の真名を呼ぶ声がする。抗おうとするが、それに反発する力が暴走をはじめる。

『くぅ……』

　まだだ。まだ、器に戻ることはできない。

　真名に逆らうことによって生じる、引き裂かれるような痛みに春蘭は耐えた。春蘭の苦痛を受けて、龍を包む水の塊が歪む。霧散しそうになるそれを、春蘭は強引に押さえ込んだ。そして、浄化の力を注ぐ。

　地に掘られた文様が、跡形もなく消え去った。それを待っていたかのように、自力で槍を引き抜いた守り神は体を蠢《うごめ》かせる。その余波で、洞窟を軽い揺れが襲った。

『――我は、北庸《ほくよう》。礼をいうぞ、人であった守り神よ』

　ふわりと体を浮かせた北庸は、天に昇る勢いで空へ向かった。それを見届けようとしたが、すでに限界だった。

　遠くで名を呼ぶ者の声が体中に響く。

　ここで抵抗を止めたら問答無用で隷属させられてしまうという怖れはあったが、全身に拡がる痛みは痺れとなって、春蘭の意識さえも根こそぎ刈り取ろうとする。

〝――、――〟

従ってしまえば、どれだけ楽になれるだろうか。甘美な誘惑が、春蘭の脳裏を過った時だった。

「戻るんだ、春蘭！」

そうだ。

魂魄を戻すのだ。

あの、幼く小さな器に。

意識が切り替わる。

屈伏させようとする圧迫感が消え、春蘭はその場に力なく崩れ落ちた。すぐに仲望に抱え起こされる。もしも一瞬でも名を呼ばれるのが遅かったら、あの男に隷属させられていたかもしれない。冷たい汗が、春蘭の背を伝った。

「大丈夫か？」

「うむ……」

気遣わしげに問われ、春蘭は力なく頷いた。全身を押さえつけるような、圧倒的な支配力への恐怖が、春蘭の小さな体を震わせる。

「……これで流行り病は収まる」

ぽつり、ぽつりと小粒な雨が春蘭の頬を濡《ぬ》らした。

北庸が降らせる神気の雨だ。華安全土に降り注ぐ慈雨は、病を洗い流してくれることだろう。

　春蘭の脳裏に妓楼の面々が過る。全身を包む倦怠感《けんたいかん》に誘われるように、春蘭はゆっくりと瞼を閉じた。

「祥琳《しょうりん》！　こっちも運んでおいてくれ！」

「はい！」

　妓楼の荷物を俥に積み込む作業が、朝から行われていた。昨日、貧民窟及び流行り病が蔓延しているとされる地域への焼き打ちが決定されたからだ。

　妓楼が立ち並ぶ花街《はなまち》も、その憂き目に遭うだろう。黄海楼《おうかいろう》でも、すでに罹患者の数は数え切れないものとなっていた。

　流行り病に罹っていない者だけは逃がそうと、蟬英《せんえい》の指示の下、避難準備が整えられているところだった。楼主までが病に倒れた時はもう終わりかと思ったが、意識ははっきりしているようで、病床からあれこれと指示を飛ばしていた。

　焼き打ちは、まだはじまっていない。だが、不安が伝染するように、すでに貧民窟に火が放たれただの、検問が設けられて、病人は通ることができないだのと、様々な噂がまことしやかに囁かれている。そんな中、誰もが胸に巣食う不安を押し隠すようにして、与えられた仕事をこなしていた。

「お嬢様、私が運んでおきますよ」

「守真《しゅしん》」

まだ枯れ木のように痩せているが、妓楼で働くようになって、以前よりは見られる格好となった守真が、祥琳の持っていた一抱えもある壺を代わりに受け取った。

「それよりも、具合がよろしくないのでは？」

「大丈夫。あと、いい加減にお嬢様って呼ぶの止めて。今は妓女見習いなのよ？」

「ええと、まあ、それは追々《おいおい》ということで。本当に具合が悪いのでしたら、休んでくださいね」

「うん」

守真が去ったあとで、祥琳は気だるげに溜息をついた。体の不調は、時を経るごとに強まってきている。

きっと色々なことがあって疲れているのだと、自分に言い聞かせた。

――流行り病に罹ったのでは、と不安で不安でしかたない。

「春蘭……私、頑張るよ」

春蘭はくびにした、と蟬英が告げたのは昨日のことだ。蒼羽《そうう》に手を引かれながら、項垂れるようにして歩いていた姿も目撃されている。唯一の友人がいなくなってしまったことは悲しかったが、よく考えれば、春蘭にとってはそのほうがいいのだ。

そう思い直し、祥琳は俥に荷物を運ぶべく作業へと戻る。しかし、歩みを進める度に、腹部の痛みは無視できないものとなっていた。迷惑にならないようにと、通路の隅で蹲る。近くの房室からは、病人の微かな呻き声が聞こえてきた。

祥琳の瞳に涙が浮かぶ。

病に感染しているとわかれば、祥琳は避難させてもらえないかもしれない。脳裏を〝死〟の文字が過る。

怖かった。

死にたくなかった。すでに故人となってしまった父と母を思い出した。

「お嬢様！」

守真の慌てたような声に、のろのろと顔を上げる。強い力で抱き起こされた拍子に涙が頬を伝った。

「しゅ、しん」

「待っていてください。今、医師のところに——」

そう言われて、抱えあげられた時だった。

湿り気を帯びた風が、祥琳の体を吹き抜けるようにして通りすぎていった。

「え？」

「お嬢様？」

腹痛が治ったわけではなかった。しかし、先ほどと違い、なぜか体が軽い。守真に抱えられながらぽかんとしていると、裏口のほうから慌てたように下働きの男が走ってきた。

「龍だ！　真っ白な龍が空を飛んでるぞ！」

――ああ、また、ほら。

祥琳の体を湿り気を帯びた、心地よい風が通り抜けた。

土間に彫られた文様を前にし、呪文を唱え続けていた箏言《そうげん》は、弾かれたように顔を上げた。

同じように作業に没頭していた者達は、そのほとんどがまだ気づかないようだ。唯一、箏言と同じようにそれに反応したのは、この中でも一番の古株である男だった。

「箏言様……」

「うん。気づいてるよ。誰かなぁ、あの封印を解いちゃったのは」

けっして少なくない犠牲を払い、この作業の最大の障害となる守り神を封じたのに、何者かがそれを壊してしまったようだ。

「あの槍、家宝だったんだけどな」

呪が解かれたということは、源となっていた槍は役目を果たさなくなってしまったのだろう。反対する者もいる中、わざわざ家宝である呪具を用いたというのに。

「いかがいたしましょう？」

「……問題ない。欲を言えば、もうちょっともってほしかったけどね。まあ、段階はすでに最後まで進んでるんだ。いまさらどう足掻いても手遅れだよ」

「では、なんの措置も取られないということでよろしいですね？」

「うん。今は、こっちに集中しようか」

「了承しました」

しかし、誰が封印を壊したのだろうか。一介の人間にできることではない。箏言の脳裏を様々な可能性が過った。しかし、これといって引っ掛かるものはない。

「誰だろ。まだ、表舞台にあがってきてない奴がいるのかなぁ」

そいつは自分を楽しませてくれるだろうか。全身に重い疲労を感じながら、箏言は口の端に笑みを上らせたのだった。

終章

あとから洞窟に集結した子慮《しりょ》達と龍天山《りゅうてんざん》で一夜を明かした春蘭《しゅんらん》は、翌日、華安《かあん》へと戻ってきた。

猩猩緋《しょうじょうひ》。義賊と呼ばれる彼らが、どうして華安の守り神が封じられた社にいたのか。猩猩緋は民の味方だという。なのに、なぜ――。なによりも、春蘭が知る猩猩緋の一員である洪采《こうわ》は、このことを知っているのだろうか。確かめる術がない以上、どれだけ悩んでも無意味ではあるのだが。

春蘭との約束を守った北庸《ほくよう》が戻ってきたのは、夕暮れも間近のことだった。乱れ切っていた地脈を正常に戻し、疫は念入りに祓ってきたのだという。戻ってきた北庸に、春蘭はいったい何者の仕業なのかと訊ねた。

『よくはわからぬ。ただ隙をつかれ、あのざまだ。ぬしが助けてくれなかったら、あのまま弱って消えていただろう』と、北庸は深く頭を垂れた。

わからないことだらけであるが、華安の裏側でなにかが起こっていることだけは確かだった。

春蘭が体調を崩して二日が経つ。

本来ならば、帰って来たその日に妓楼へと行きたかったのだが、啓璋《けいしょう》と友寧《ゆうねい》が断固として許さなかった。

その間に、皇帝の流行り病にかんする勅命が取り消された。代わりに命じられたのは、遺体の回収である。悪い病に罹って死んだ場合、そこからまた新たな流行り病が発生することを防ぐためだ。特に貧民窟での被害は酷く、かなりの数の死者が確認されたとのことであった。

「仲望《ちゅうぼう》、早くするのだ！」

「はいはい」

「龍天山での働きっぷりはどうした」

「いつもああだとは限らないよ」

また、元の怠け者に戻ってしまったらしい仲望を、春蘭は必死になって急かす。向かう先は黄海楼《おうかいろう》だ。はじめは俥に揺られていたのだが、未だ病人がいる花街《はなまち》の中に入ることを御者が拒んだため、大門からは徒歩で向かうこととなった。

ちなみに、仲望が同行している理由は、啓璋と友寧が一人では絶対に行かせられないと言い張ったからだ。龍乎《りゅうこ》が治安回復に奮闘しているが、以前のように戻るまでにはまだ時間が必要であった。

華観《はなみ》大路の両脇には、華やかな妓楼が軒を連ねているが、客と思しき者の姿は見えない。だが、病に倒れた妓女達が回復すれば、ここはすぐに活気を取り戻すだろう。黄海楼へと辿り着いた春蘭は、いつものように裏口から中へと入る。さすがに仲望は連れて入れないと、門のところで待っていてもらうことにした。

「誰かおらぬのか？」

春蘭の声が、無人の通路に響き渡る。

流行り病が終息したとはいえ、病に罹った者がすぐに回復するというわけではない。看病に追われているものだと思っていたのだが、これはいったいどうしたことだろうか。

「ふむ」

首を傾げ、春蘭は歩き出した。そういえば、裏門のところには誰の姿もなかった。

「とりあえず、蟬英《せんえい》の許へ行くか」

無断で入り込んだことを知られれば、よい顔をされないかもしれない。だが、せめて妓楼の現状だけでも知っておきたかった。北側の楼閣へと向かった春蘭は、階段のところで泣き崩れている下女達の姿を見つけた。

「どうしたのだ？」

春蘭の姿に驚いた様子の下女達は、階の上を指し示す。嫌な予感に駆られ、春蘭は足早に楼主の房室へと向かう。

階が上がるにつれ、人々の啜《すす》り泣きが大きくなる。誰もが肩を寄せあい、慰めあうように涙を零していた。

あの蘇啓《そけい》も、声を殺すようにして泣いていた。

表情の乏しい蒼羽《そうう》も、歯を食い縛るようにして涙を零していた。一瞬だけであったが、守《しゅ》真《しん》に抱かれながら泣きじゃくる祥琳《しょうりん》の姿もあったように思う。

「なにが……？」

蟬英の房室の前には、人だかりができていた。しかし、春蘭の姿を見ると誰もが先を譲ってくれる。背中を押されるようにして室内に入った春蘭が見たものは、布団に横たわる蟬英の姿だった。

「蟬英？」

瞼を閉じる蟬英は、まるで眠っているように静かだった。顔は青白く、最後に顔をあわせた時より、一回りも二回りも痩せてしまったように思う。

蟬英の胸に縋りつくようにして泣いているのは、紅燕《こうえん》だった。どうやら、起き上がれるまでに回復したらしい。あれほど見た目に拘《こだわ》っていた紅燕が、子供のように声をあげて慟哭《どうこく》している。

「春蘭……」

肩に置かれた手に顔を上げれば、泣き腫《は》らした目の月儀《げつぎ》が立っていた。

「馬鹿な人だよ。自分も病に罹っていたのに。周りが気づいた時には、もう起き上がれないくらい弱っていてね。それでも、病床から指示を出すくらい元気だったのよ？　昨日だってあんなに……誰も、朝になって冷たくなってるなんて思わないじゃない」

月儀の頰を、幾筋もの涙が伝う。

春蘭は未だに目の前の光景が信じられずに、茫然としていた。

「……蟬英姐さんが春蘭に感謝していたの。春蘭の占いがなかったら、医者の手配も、食料や薬の備蓄もできなかっただろうって」

「そんな、話、聞いてない。蟬英は、信じない、と、言って、いた……」

「信じてなかったら、高価な薬を大量に買いつけたりしないわ」

春蘭に言わなかっただけだ、と月儀は言った。

否定されたわけではなかったのだ。

口に出さなかっただけで、蟬英は春蘭を信じてくれていたのだ。

「蟬英……」

春蘭の視界が滲む。

なぜか、蟬英の顔をよく見ることができない。もっと、ちゃんと見ておかなければいけないのに。

不意に、温かな腕が春蘭の体に回された。

「春蘭」

耳に心地よい声。仲望の腕が、春蘭の視界を覆う。それに、堪え切れなかった嗚咽《おえつ》がのどから漏れた。

「なぜっ、なぜだ！」

不安はあった。でも、きっと大丈夫だと思っていた。災厄は華安の守り神によって、食い止められたのだと。

だから、誰も死なない。

大丈夫。

大丈夫だと、そう信じていた。

信じていたのに。

「どうしてっ！」

間にあわなかった。

救えなかった。

死なせてしまった。

それが、こんなにも苦しい。こんなにも切ない。

不意に、慌ただしい足音が聞こえる。顔をあげれば、そこに立っていたのは番頭の永徳《えいとく》だった。彼は真っ青な顔で唇を震わせた。

「大変だ」

その視線が室内をさ迷い、春蘭にぴたりとあわされる。

「こ、皇帝陛下からの使者が。秋菊《しゅうぎく》を後宮に差しだすように、と」

春蘭の脳裏に、不敵な笑みを浮かべる沸儀の顔が過った。

華安に次ぐ都として知られる、東都《とうと》。華安とは馬を使えば十日という距離にあり、二代前の王朝では王都として栄えていた。

その入口である、龍頭《りゅうず》門にできた列に、一際目立つ男が並んでいた。簡素な旅装姿で、頭には布を巻いている。なによりも屈強な肉体と、精悍な容貌が、群衆の中にあって埋没することを拒んでいるようであった。

門のところには、出入りを厳しく確認する兵士達の姿もあった。猩猩緋の活躍のおかげか、日に日に取り締まりは厳しくなっているようだ。

特に武器や防具を扱う商人達は、他の商売に鞍替えしたくなるほど執拗《しつよう》に商品の卸し先を確認されるようだ。

男はなんの問題もなく、門を潜ることが許された。その際、門番の一人が一瞬だけ目礼する。簡単な話だ。取り締まりが厳しくなるのなら、内に息のかかった者をまぎれ込ませておけばいい。

口の端に笑みを浮かべ、男は馬に跨った。

「——しっかし、まさか華安にいるとはねぇ」

白い虎に跨った少女の情報は、ある一点で途切れていた。東に向かえば東都が。南に向かえば華安があった。

東を選んだのは、故郷に戻ることを無意識に拒んでいたからかもしれない。だが、華安にいるとなれば、そうも言っていられなかった。

「すぐに見つけ出してやるぜ。なぁ、守り神様？」

三日前のことだ。

突如、男が追っていた少女は失態を演じた。なにがあったのかは不明だが、守り神に戻り男に位置を報せてしまったのだ。

もしかすれば隷属させられるかもしれないと、奪った真名《まな》を口にしてみたが、抵抗のほうが強かった。自身にかかる負荷の強さにも辟易したが、苦痛に苛《さいな》まれながらも抗う相手に感嘆した。

「次は逃がさねぇぜ」

口の端を歪め、男は馬の横腹を蹴った。

奪い損ねた相手を、今度こそ我がものとするために――。

「華国神記」シリーズ（二〇一一年～二〇一二年　C★NOVELS）

本書は「華国神記」シリーズ全五巻を、加筆、修正し、改題した上で、全三巻として刊行しました。

中公文庫

華《か》国《こく》神《しん》記《き》2
──占《うらな》う行方《ゆくえ》に花《はな》と宴《うたげ》

2023年2月25日　初版発行

著　者　九《く》条《じょう》 菜《な》月《つき》

発行者　安 部 順 一

発行所　中央公論新社
〒100-8152　東京都千代田区大手町1-7-1
電話　販売 03-5299-1730　編集 03-5299-1890
URL https://www.chuko.co.jp/

DTP　ハンズ・ミケ
印　刷　三晃印刷
製　本　小泉製本

Published by CHUOKORON-SHINSHA, INC.
Printed in Japan　ISBN978-4-12-207321-0 C1193

私の彼は腐ってる

祖父の死で天涯孤独になった揚羽。

その時、約束通り迎えにきてくれた許嫁の伊織と同居するが、なぜか彼は広い洋館で姿を見せない。執念で探し出し問い詰める最中、伊織の腕がぼとりと落ちた。

「じつは私、ゾンビなんです」

まさかのカミングアウトに、
揚羽の運命と恋愛成就は!?

イケメンの彼氏の正体は まさかの ゾンビ!?

九条菜月

イラスト/ゆうこ

中公文庫

洋菓子店アルセーヌ
ケーキ作りは宝石泥棒から
ケーキ×イケメン×怪盗
三度美味しい新感覚お仕事（？）小説
九条菜月
Natsuki Kujo
恋人の浮気発覚でボロボロの陽咲は、傷を癒してくれたケーキの美味しさに感動し洋菓子店「アルセーヌ」で働くことに。だがこの店には怪しい裏稼業が？
お前、好きだろ？
俺が
のケーキ
イラスト／Minoru
中公文庫

ゆら心霊相談所
九条菜月
Natsuki Kujo
シリーズ好評発売中！
訳あり
シングルファーザー
×
視《み》えちゃう
男子高校生
!?
霊感を持つ高校一年生の尊《みこと》は、なにやら訳ありのシングルファーザー・由《ゆ》良《ら》蒼一郎《そういちろう》が営む「ゆら心霊相談所」を手伝うことに。心霊事件に家事にとこき使われるが、蒼一郎の一人娘・珠子《たまこ》のためなら頑張れる!?　ほんわかホラーミステリー！
第1弾　消えた恩師とさまよう影
第2弾　キャンプ合宿と血染めの手形
第3弾　火の玉寺のファントム
第4弾　座敷わらしを連れ戻せ
第5弾　あの世から花束を
イラスト／烏羽雨
中公文庫

出張料亭
おりおり堂
安田依央
イラスト／八つ森佳
『味見するか？』
STORY
偶然出会った出張料理人・仁さんの才能と見た目に魅了された山田澄香、三十二歳。思い切って派遣を辞め、助手として働きだすが――。恋愛できない女子と寡黙なイケメン料理人、二人三脚のゆくえとは？
シリーズ既刊
ふっくらアラ煮と婚活ゾンビ
ほろにが鮎と恋の刺客
コトコトおでんといばら姫
夏の終わりのいなりずし
月下美人とホイコーロー
ほこほこ芋煮と秋空のすれ違い
中公文庫

よすが横丁
修理店
迷子の持ち主、お探しします
及川早月
修理
単なる可愛い物語？　全然違います!!
あらすじ
人に大切にされた道具には心が宿り、
人との縁が切れると道具は迷子になる――。
ぼくは、古道具修理店「ゆかりや」で店長代理のエンさん（ちょっと意地悪）と一緒に、人と道具の「縁」を結んだり断ち切ったりしている。でもある日、横丁で不思議な事件が続いたと思ったら、ぼくの体にも異変が起こり始め――？
イラスト／ゆうこ
中公文庫